戦地からのラブレター

第一次世界大戦従軍兵から、
愛するひとへ

ジャン＝ピエール・ゲノ〈編著〉
永田千奈〈訳〉

亜紀書房

戦地からのラブレター

PAROLES DE POILUS

戦地からのラブレター　もくじ

【凡例】

本文中《　》で記したものは訳者による注、《原注》は原書にある注です。

死んだ兵士たちを憐れみたまえ。
生き残り、死者を悼(いた)む我らを憐れみたまえ。
生き残った我らとて、明日は闘い、死ぬかもしれないのだ。
生き残った我らとて、傷ついた肉体を抱え苦しんでいる。
望んでもいないのに、戦争の道具となった我らを憐れみたまえ。
人間だった我ら、もう二度と人間には戻れない我らを
憐れみたまえ。

モーリス・ジュヌヴォワ（一八九〇―一九八〇）
『泥』（一九二一）

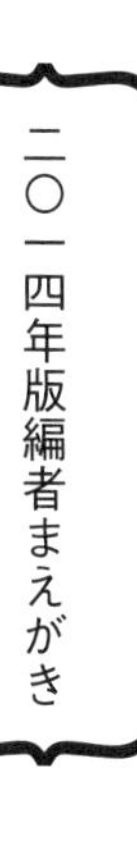

二〇一四年版編者まえがき

第一次世界大戦の開戦から百年を迎えた今、新装改訂版の『戦地からのラブレター』を刊行することは、様々な面で大きな意味を持っている。すべては、一九九七年、ラジオ・フランスの呼びかけで始まった。書類棚や地下倉庫、屋根裏や家族の写真アルバムのなかに、第一次世界大戦の兵士の手紙、思い出の手紙が眠っていたら送ってほしいと呼びかけたのだ。およそ一万通の手紙が届き、そのなかで最も感動的な手紙、十通が選ばれ、わが同僚にして同志イヴ・ラプリュム制作のラジオ番組で紹介された。その後、私が集まった手紙をあらためて本にまとめることになった。

フランス国防省が作成したデータベース「人類の記憶」（www.memoiredeshommes.sga.defense.gouv.fr/）によると、現在、第一次世界大戦の兵士百八十万人の名前が全国十五万か所の碑や金属プレートに刻まれている。貴い犠牲となった彼らを記憶にとどめ、戦争の愚かさを忘れないようにするためだ。こうした兵士の数は、長年、隠蔽されたり、過小評価されたりしてきた。私たちが学校で習ったことはといえば、この戦争が四年四か月続いたにもかかわらず、フランスの戦死者の四割は、最初の九か月に集中していたということぐらいだ。

一九九八年に初版が刊行されると、すぐに大きな反響があった。早々に学校教育に取り入れられ、その後十四年にわたり、実に様々なかたちで、三百万人の読者を得たのである。本書の一部は教科書にも掲載された。毎年、多くの中高生たちが彼らの手紙を読み、第一次世界大戦を戦った兵士たちの大半が、自分たちと同じ十五歳から十八歳だったことを知り、認識を新たにしている。本書を通し、あらためて家族について考えた読者も多いことだろう。読者は、これまで影の存在、脇役の存在として埋もれていた祖父や曾祖父、その上の世代が、何を考えてきたのかを初めて知ったのだ。長い間、第一次世界大戦について語るとき、一兵卒が話題になることはなかった。彼らの姿は、戦時のプロパガンダによって長らく隠蔽され、ゆがめられ、私たちもそれに騙されてきたのだ。これらの手紙を読むことによって、私たちは、兵士たちの本当の姿を知ることができた。

手紙のほとんどはフランス人からのものだが、ドイツから提供された手紙もある。だが、初版刊行時に非難の声があったのも事実だ。第一次世界大戦を専門とする二人の学者から、兵士たちを美化し、兵士たちの犠牲を賛美し、第一次世界大戦を「政治的に偏った」視点から一方的に取り扱っているという批判があったのだ。十四年たった今でも、私は彼らの偏見および閉鎖的な意見を理解できずにいる。第一次世界大戦の兵士も、そのわずか数十年後、収容所で死を迎えたユダヤ人たちも、皆、二十世紀の歴史の犠牲者である。こうした犠牲者たちを、実際以上に、「醜く」見せなければならないとは、いったいどういうことだろう。手紙には兵士たちの人間的なやさしさが感じられる。たとえ血と暴力の連鎖が人間を復讐の鬼に変えてしまうことがあっても、多くの人は、敵もまた自分と同じ人間であること、敵もまた時代の波に翻弄されてそこにいるだけなのだということを知っていたのだ。それでもなお、彼らは、自分たちの「義務」を遂行した。だがそれは、多くの場合、プロパガンダが賛美するような愛国心ではなく、仲間との連帯感に背中を押されての行動だった。

フランス人なら、大戦の記念碑に刻まれた彼らの名前をどこかで目にしたことがあるだろう。はっきりと言えることがある。これらの記念碑は、多くの人が思うような愛国主義や復讐心の象徴ではない。死者の犠牲を忘れないための碑だったのだ。もう二度と同じことが繰り返されないように。これが本当に最後の最後であるように。四年にわたる戦争中、兵士たちは、和平を心から望み、求めつづけていたことが彼らの手紙からわかる。ようやく訪れた平和を守るためにこそ、碑が建てられたのだ。

こうした石碑に刻まれた兵士の名前、そのリストこそが、「社会的（ソーシャル）なネットワーク」の先駆けだったという見方もできる。一九九〇年代にウェブサイトが開かれるよりもはるか以前のことである。一九一八年から七年間で実に三万もの記念碑が建てられるまで、彼らは戸籍簿や墓石にそれぞれの名前が記されただけであり、個として消えてゆくだけだった。だが、一九一八年以降、彼らは出自を問わず、同じ戦争の兵士として集団的、かつ社会的な記憶として名を留められるようになった。

石碑に刻まれた名前は、かつて同じ国で生きた人々の存在を忘れないためのものである。実際、彼彼らこそが、私たちの足元を支えてきた。そして、未来への導きでもある。市井の人たちの思いが、ラジオや書籍を通して人々に伝わり、ようやく「歴史」として残ることになったのだ。

ジャン＝ピエール・ゲノ

最初の夏

Premier été

最初の夏、まだ皆、甘く考えていた。激戦は長くは続かないだろう。ヴィルヘルム二世《ドイツ帝国皇帝》は早々に兵を引くにちがいないと思っていた。激しいプロパガンダ合戦は始まっていたが、ほとんどの人たちは、そんなものに関わっていなかったし、兵士たちは、この先何が起こるのかもわからず、ただ不安を抱えたまま、家族や職場に別れを告げたのだ。いや、職場といっても、彼らはまだ学校を出てからそんなに時間がたっていない。開戦直後に召集された四百万人、徴兵検査を通ったばかりの者、予備役にあった者、召集兵たちは、青の上着と赤いズボン《当時の軍服は青い上着に赤いズボンだったため、敵に見つかりやすかった。実戦的ではなかったのである》、刈り上げた頭に帽子もかぶらず、コクリコとヤグルマギクの咲く野原を進んでいく。平時の軍事演習とまったく同じようだが、長い行軍と、肩に重くのしかかる背嚢の重さは、それが単なる演習ではないことを示していた。農家の青年たちは心配していた。刈り入れは誰がやるのだろう。藁の片づけはどうしよう。家畜の世話は？　葡萄の収穫は？

だが、麦刈りや葡萄の収穫の時期、彼らを待っていたのは惨劇だった。多くが、最初の夏を生き延びることができなかった。敵の機銃掃射に倒れた者、鉄条網の罠にはまり死を迎えた者、降り注ぐ砲弾に命を奪われた者。彼らは開戦後、最初の戦死者であったが、無能な軍上層部の犠牲になったとも言えるだろう。サーベルや銃剣の戦闘しか知らない軍人たちは、最新兵器をみくびっていた。秋を迎え、新学期が始まる頃、死んでいった兵士のなかには、詩人のシャルル・ペギーや、小説家のアラン・フルニエもいた。戦争は四年間続いたが、全戦死者の実に六分の一が、最初の二か月で死んでいったのだ。夏のわずか五日間で、十四万人の死者。なかでも、熾烈（しれつ）を極めた一日、一九一四年八月二十二日だけで、二万七千人が戦死している。兵士たちは、戦死者の身分証明書を瓶に入れ、遺体と共に埋葬した。といっても、墓らしい墓はなく、粗末な十字架、もしくは壊れた銃がさかさまに立てられているだけだ。モーゼル地方の激戦で命を落とした者は多い。この戦闘により、英仏軍は撤退を余儀なくされ、地元住民の多くは家を捨て、避難民となった。ドイツ軍は侵攻を続け、パリまであと四十キロの地点にまで迫ったが、マルヌの戦闘で多くの兵を失い、戦線はそこで停止した。

それでもなお、戦争は四年間続き、翌年もまた戦場で初めての夏を迎え、初めての戦闘を経験する新兵たちが実に四百万人もいたのである。

最初の夏。別れ、初めて直面する戦争の現実、惨状。

モーリス・マレシャルは開戦時の一九一四年、二十二歳だった。第一次世界大戦後、彼はカザルスと並ぶ世界的なチェリストとなった。ロストロポーヴィッチを指導したこともある。第一次世界大戦中、彼は十二年度兵《一九一二年に徴兵検査を受け、合格した者》登録番号四六八四番の二等兵として、隊の連絡係となった。一九一五年五月、同僚の兵士が扉と運搬ケースの廃材を使い、彼のためにチェロをつくった。フォッシュ、ペタン、マンガン、グーローといった歴代将軍がサインをしたこのチェロは、現在、シテ・ド・ラ・ミュージック博物館（パリ十九区）におさめられている。

8・1・土曜日

総動員令。

日々着実に。

8・2・日曜日

総動員令初日。昨日の朝、僕は「フランス人として」行動すると心に誓った。音楽院に楽譜を返しに行き、何気なく街を振り返ると、大聖堂がそびえていた。大聖堂はまるでこう言っているかのように見えた。

「私はいつも美しい。私は勝利であり、信仰である。私に永遠の命を与えた神の子たちよ、あなたたちを愛し、守ります」尖塔は空に向かってそそり立ち、見えない磁石に引き寄せられているかのようだ。メイエが僕に言った。「聖堂に砲弾が用意されているのを見たか」僕は、赤十字の救護班で活動した経験がある。軍隊に入る。フランスを攻撃する国があれば、僕は闘う。夕方からずっとひっきりなしに、母親や妻たちが柵に押しかけてきている。かわいそうに。泣いている者も多いが、けっこうたくましい。母は強しだな。うちの母さんだって、フランス女だ。日曜日の今朝、母からの手紙を受け取った。秘密を打ち明けよう。手帳にしのばせた手紙、この手紙をくれた若い女性が、いつかはテレーズ以上の存在になるかもしれない。もし、僕が戦場で死ぬことになったら、母に彼女への伝言を頼んでおかなくちゃ。ヴィリエからの手紙が、どれほど僕の心を動かしたか、その真剣さ、勇気、優美さにどれほど感じ入ったか。すばらしい言葉を寄せてくれた彼女に僕がどれほど感謝したか、そしてその、彼女を恋人のように思っていたことも。僕は、今朝、着替えをとりに行き、チェロをバレットに預けた。母に手紙を書いた。全員に手紙を書くことはできないけれど、友人たちのことを思っている。

モーリス・マレシャル

1914・8・10

僕は、二百七十四連隊の大佐の指揮下に入り、ソルス・モンクランの小学校にいる。ちょっと弱気になっている。何か食べて横になりたいところだが、僕の所属する第二十二中隊が任務についているので、そうもいかない。命令には従わなくてはならない。それでも、昨日は朝七時にルーアンを出発したんだ。わずかな休憩時間しかとらず、十八時間の移動(マント、クレイユ、ソワソン、ラン、ルテル、ピュイゾー)、さらに午前一時から六時まで歩いた。(中略)昨日のことを思い出す。土曜日の夕方、僕を見送ったときの母の姿はとても立派だった。母さんの息子であることを誇りに思う。移動のあいだじゅう、沿道の人や、駅につめかけた人たちが僕らに声をかけてくれた。投げキスをする女性、僕らと共に国歌や「出発の歌」を唱和してくれた男たち(特にコンピエーニュの人たちが熱かった)。重たい苦悩に胸が締めつけられる。演習だったら、どんなにいいだろう。でも、明後日、あと三日のうちには銃弾が降り注ぐかもしれないのだ。もし戻れないとしたら、母を殺すようなものだ。そんなこと言ってはいけない。ごめん、母さん。ああ、こんなことなら、残ればよかった。残ってチェロを弾いていればよかったんだ。みんなのために、母さんのために。母さんは健康に不安があるのだし。ああ、母さん、僕のせいで寝込んだりしないだろうか。僕は間違っていた。浅薄だった。この連隊を離れられるなら何でもする。競輪選手みたいに上から丸見えじゃないか。あのまま赤十字にいたら、もっと安全だったはずなのに。僕は臆病者ではない。臆病者になってはいけない。でも、何の正当性もない愚かな弾丸のせいで僕の未来がふいになると思うと耐えられない。母さんが多大な犠牲を払い、苦労を重ね、僕に音楽をやらせてくれたのに、それすらも無駄になってしまう。怖くて震えている。でも、歩かなくてはならない。仕方がない。出発してしまったんだもの、もう戻れないんだ。ああ、でも今、いちばん願うのは、家で大切なひとに囲まれ、ほんの一時間でいいから休憩することだ。でも、おじけづくわけにはいかない。貴族のご婦人がたは、扇子ひとふりで、取りまきの美しい騎士たちのなかから気位の高い二人を選び出し殺させたという。そんな女から見れば、僕なんて笑いものだな。さあ、元気出せ、頑張れ、自分を信じろ。

モーリス・マレシャル

アンリ＝エメ・ゴテ。父は、シャトー・シノンにある清涼飲料水の販売会社社長。アンリ＝エメは二等兵として、まずは連絡係、次に通信兵になった。彼は、戦地でも日記をつけていた。汚れた手、爪の割れた指で書きつけたのだろう。大戦後は、父の跡を継いで会社の経営者になった。跡継ぎになるはずだった兄が、開戦直後に戦死したからだ。

コメルシーの町を通り抜ける際は、銃を背負い、足並みをそろえて行進した。国民に乱れた軍隊を見せてはいけないのだ。規律正しく整然とした姿を見せなくてはならない。でも、その道のりの

長いことといったら。房のついたサーベルだったら気分も違っていただろう。そのうえ、僕の銃剣ときたら、歩くたびに足に絡まるんだ。軍服の襟はきつくて喉が締めつけられる。イチ、ニ、イチ、ニ。美しく歩こう。見ろ、ブルジョワども。僕らがこうして進んでいくからこそ、あんたたちは美食を楽しむことができるんだ。

ふと目をあげるときれいな娘がいた。ちょっとお転婆な感じ。彼女のうっとりとした目つきから察するに、僕らは美しく、そして立派に見えていたようだ。戦地に行けば、死ぬかもしれないし、切り刻まれ、ふっとばされ、今のままではいられないかもしれない。僕らはそこに向かって進んでいる。足並みそろえ、金属をがちゃがちゃいわせながら。僕らが運んでいるのは、弾薬ケースではなく、死なのかもしれない。この銃でひとを殺すのだ。僕らは強く、たぶん、やさしい。僕らは、顔を見ようともせず、悲鳴や叫び声に耳を貸そうとせず、あのお嬢さんを噛み砕く化け物のような獣なのだ。彼女の崇拝の眼差しは、僕らを怖がり、僕らを憐れんでいる。巨大な連隊は、どこか痛々しいものでもあるのだろう。僕らは、喜びや愛や幸福を守る砦なのだ。その任務を受け入れられないなら、せめて彼女のために死のう。あの無知で素朴で可愛らしいお嬢さんはわかっていないだろう。でも、感じているのだ。彼女の目を見て僕は励まされたし、その崇めるような視線に、思わず膝が伸びた。その微笑みに元気が出た。まあ、要するに彼女がきれいだったってことかな。僕のまわりの奴らも彼女に気づいて姿勢を正していた。一瞬とはいえ、皆、幻想を抱いたはずだ。誰もが、魅力的な女の子に心動かされた。彼女が見ている、というだけで、僕らは澄んだ真剣な眼差しを取り戻し、力強く歩き、勇ましい戦士となった。（中略）僕には信心が足りない。僕の信仰心は、ひからび、力を失っている。神様のことを考えても元気が出ない。信仰は行動に結びつかないのだ。せいぜい、従順さを思い出させるぐらいだね。

いろいろ想像すると背筋がぞっとすることもある。混沌としたなかで、この辛苦に大義や理由を見出そうとしても、ただもっと楽しく生きたい、楽をしている奴がうらやましいと思うばかりだ。金満家や、彼らの若く美しい愛人たち、そんな奴らを喜ばせ、もちあげるために苦心するのはごめんだが、だからといって、軍の上層部が期待するような立派な兵士にもなれそうにない。腹が減りすぎている。汚れすぎている。シラミまでいる。堆肥が薔薇を咲かせるなんて信じられない。兵営や塹壕の腐臭が、僕らの抵抗が、僕らの苦痛が、正義や幸福をつくるとは思えないのだ。兄弟に向かって「君が死んだおかげで幸せだよ」と言えるとしたら、ひどく傲慢なことではないか。名誉とか、軍の義務とか、犠牲とか、そんなものは見かけ倒しにすぎず、戦争というのは、結局、なかに隠された骸骨のことではないのか。

戦争という娼婦は、その戦争を支える多くの人たちの苦しみと死、そして後方の連中の快楽によってできている。僕にそう思わせるのは、言葉の裏には思想があり、思想がひとを幸せにすると信じているおめでたい人たちだ。そういう人たちが支援するから、演説や宣言や社交辞令や検閲の向こうで、どんちゃん騒ぎに興じる奴らがのさばるのだ。（中略）

軍隊の階級は、手を見ればわかる。僕は自分の手に気をつけている。必要なことだ。冷静なときはじっと自分の手を見て、自分がまだ正気であることを確認する。ああ、ブルジョワの汚れた手だなと思うこともあるし、自分の手に見とれることもある。手が、自分とは別の生き物のように思えることもある。まるで、手相を見るかのように手に何かの予兆を感じることもある。僕の手はまだかつての仕事を忘れていない。手は、心の状態を表しているのだ。

アンリ・ランジュは、フランス国籍をもつユダヤ人。十九世紀初頭に先祖がフランスにやってきて、定住したのだ。開戦直後、アンリは十七歳で軍に志願した。最初は、砲兵隊に配属されたが、前線で戦いたいと上司に直訴し、歩兵隊に移った。一九一八年九月十日、最前線で死亡。享年二十。

1917・9・6

将軍閣下

個人的な理由により、歩兵隊への転属を希望いたします。というのも、私の場合、他の戦闘員とは事情が異なるからです。

私はユダヤ人であり、先祖は、今から百年前に、フランスに移住し、フランス国籍を得ました。私の祖先は、フランスの恩恵に与(あず)かり、フランスには多大な恩義があるのです。つまり、私は二重の意味で義務を負っています。フランス人としての責任、そして、フランス人になった者としての恩義です。だからこそ、私は他の者よりも危険な任務を負うべきだと思うのです。

十七歳で志願したとき、両親の頼みもあって砲兵隊への配属を希望しました。すでに砲兵隊にいた友人にもそうするよう勧められたのです。私と同年齢の一八年度兵も、やがては前線に送られるでしょう。でも、私はそれまで待てません。

前線で戦うことができれば、戦争が終わったあとも（もし、命があればの話ですが）、自らの義務を、最大限に果たしたことに誇りをもって生きていくことができるでしょう。私は誰からも後ろ指を指されることのない、正真正銘のフランス人になりたいのです。

たとえ私が死んでも、家族は私を誇りに思うことでしょう。血筋や出自のせいで肩身の狭い思いをすることもなくなるでしょう。

私は歩兵隊の任務に耐えられるだけの強靭な肉体をもっています。どうか、私に勇敢なフランス人として闘うためのチャンスをください。

どうぞよろしくご検討くださいますようお願い申しあげます。

アンリ・ランジュ

1917・10・5

今日も特筆すべきことはない。単調な日々が続いている。実に静かで穏やかな田舎の日々だ。夏の終わり、秋の初めの美しい風景を眺めるのは実に気分がいい。ただ、この季節特有のどこかメランコリックな気怠い空気があって、僕はすっかり元気をなくしている。夕暮れを思わせるこの季節は、魂がさえわたり、心が敏感になる。だが、戦争は続いている。戦争は嫌いだ。サッカーやテニスの試合で勝敗を争うのとは話が違うのだ。それでも、僕は勇敢な兵士であろうとし、実際、戦地でもそのように行動してきた。それが僕の義務であり、愛であり、理想だからだ。もう二年間ずっと「理想のため」に頑張ってきた。すべての男子は、それが許される年齢になり次第、健康に問題がある場合を除き、軍隊に志願すべきであり、いったん入隊したからには、できるだけ長く奉仕するのが僕にとっての「理想」だった。フランス人であり、若く健康である以上、十七歳になったら、歩兵になるべきだ。国を守ることに喜びを感じ、誇りに思わなくてはならない。移民出身の者、特に、見下され、蔑(さげす)まれてきたユダヤ人であるからには、ほかのフランス人以上に頑張らねばならない。まして、家族にMやB、Sのようなならず者がいるのだから、せめて僕がきちんとするべきなのだ。戦争は嫌いだ。だが、つらくはない。肉体的にも、精神的にも。戦争が終わったら、自信をもって生きてゆけると考えると嬉しい。でも、きっと和平が訪れて数か月もたったら、誰が本気で闘い、誰がのんびりしていたかなんて、もう誰も覚えていないんだろうな。まあ、他人がどう見るかはどうでもいい。ただ、自分と家族と理想のために行動するのみだ。
今日は手紙が来なかった。
相変わらず予備隊として後方にいる。このままあと数か月はここにいるかも。
すべてはうまくいっている。
君たちを思う。

アンリ・ランジュ

モーリス・マレシャル

8・12　水曜日　ピュイゾーにて

僕の手帳。大事な手帳。いちばん大事なものかもしれないな。今日も、手帳を開き、手帳に話しかけるように書きつけることができて嬉しい。まったく何という一日か。疲労困憊。幸い、地元の女性が部屋を提供してくれて、軍曹が一緒に寝てもいいと言ってくれた。今朝、僕らは、野原で訓練していた。ここでの生活は新鮮だ。晴天続きで、お日様や澄んだ空気に身を浸していると、この美しいアルデンヌに何をしに来たのかなんて忘れてしまいそうだ。本当に僕は戦地に向かっているんだろうか。本当に殺し合いをするんだろうか。今日は小さな谷のあたりで狙撃訓練をした。僕は隊長のあとをついていたのだけれど、最初は後方についていた。実った麦の間を腹這いになって進む長い長い隊列は、巨大な蛇のようであり、列車のようにも見えた。午後からが大変だった。第七十四中隊に連絡係として派遣され、三十キロもの道のりを歩いたが七十四中隊がどこにいるのかわからない。あと十キロでメジエールというところまで行ったんだ。帰り道、途中でぶっ倒れるんじゃないかと思ったよ。今朝は、軍曹と二人でバターつくり。昨日泊めてくれたのが、農家の女性でね。いや、楽しかったし、美味しいタルティーヌを食べて満足した。物置小屋の前に仮設のかまどをつくってスープをつくる。トイレは野外でするか、バケツに。まあ、それは仕方ない。

モーリス・マレシャル

この手紙を書いた九日後にアルフォンス《不詳》は戦死している。

1915・5・5 水曜日

恋人へ

本日、初出陣。気分がよかったって言ったら、信じるかな。でも、僕は、こんな騒々しい場所にいるよりも、ここから遠ざかりたい。まったく地獄だよ。砲弾が飛び交っているけれど、不思議なほど怖くない。小さな村に到着し、物資の補給を行った。すると、そこに、半分土に埋まったトーチカがあり、百五十五ミリ大砲《百五十五ミリ重カノン砲のこと》がある。砲弾発射のときの轟音を想像できるかい。前線からは五キロメートルほど離れている。ここから、ドイツ軍の百十五ミリ砲を狙ってぶっぱなすんだ。

村から出ると、尾根伝いに身をひそめながら進む。そこに連絡壕（ごう）の入り口があるんだ。深さ二メートル、幅一メートルほどの大きな溝だよ。この壕を三キロ進むと、比較的快適な塹壕（ざんごう）に到達する。時々、砲弾の飛ぶ音がする。ドイツ軍が撃ってくるのだが、大したことはない。二百メートル離れているからね。ドイツ軍はそんなに凶暴なわけじゃない。八百メートルも進まないうちに、二回ほど砲弾の飛ぶ音がした。バイエルンの奴ら《ドイツ兵のこと》だって、もう戦争には飽きる頃だ。あと数日で状況は変わるだろう。

次の攻撃に備えていろいろ用意している。何が起こるのかは皆目見当がつかない。でも、恐ろしいことになりそうだ。準備されている武器の数からして、激戦になることは確かだろう。緊張している。でも、僕はいつものように元気だ。今週中に出撃命令が下るだろう。もし来週以降、僕からの手紙が届かなくなったら、僕の身に何かあったと思ってくれ。まあ、どっちみちそうなれば知らせが行くとは思う。隠そうとしても無駄だから言っておく。今、僕らは危険な状態にあり、惨劇が予想される。でも、落ち込んだりしないでくれよ。どうせ、皆、いつかは死ぬんだ。

アルフォンス

リヒャルト・ホフマンは、ドイツ軍の砲兵だった。一九一四年時点の年齢は三十一歳。

1914・9・22　ストラスブルグ・ノイドルフにて

母さんと妹へ

数週間、ストラスブルグ周辺を歩き回り、狙撃練習や、強行軍や、際限のない点検作業が続いていたが、八月二十六日だったか、二十七日だったかに、とつぜん、出発の命令が下った。命令を受けて三十分後には、もう出発だ。どこに行くのかさえわからない。渡された荷物を背負い、手を貸しあって荷物を積み、軍馬もつれて列車に乗る。闇にまぎれて出発した。翌朝、列車を下りるとそこは国境近くの駅だった。道沿いには、戦闘のあとが見られる。踏み荒らされた草地、あちこちに散らばる武器の残骸、死者を埋葬する人たち。戦場の生々しい臭いが鼻をつく。置き去りになっていた荷物を次々と見ていく。あちこちから、フランス語やドイツ語の手紙や葉書が見つかる。後方にいる家族に宛てたものだ。どの手紙も末尾には、また会いたいと願い、会えることを祈る言葉が綴られている。だが、手紙は冷たい土の上に投げ散らかされていた。これを書いた兵士は死んだのだ。僕らも進軍を再開した。ただ延々と歩きつづけ、夜になった。これらの死んだ兵士の分、戦力を補充するためにこそ、僕らは戦地に向かうのだ。定時に食事ができないのは、初めてのことだった。パンとコーヒーしか口にしていない。歩きつづけ、午後になるといつの間にか国境を越え、フランス領に入っていた。(中略)パレーとか何とかいう町に宿営することになった。ずいぶん前から、すでに他のドイツ軍部隊がこの村を占拠しているはずだったが、それでも、カービン銃を握る手に力が入った。これまで通過してきたフランスの村は皆そうだったけれど、ここも薄汚い。道沿い、大きな家の門前や、ぼろ家や雑多な家の細い窓の前、暗く汚れた部屋の前にまで、堆肥(たいひ)の山や汚物が積み上がっている。フランス人の女たちもひどい。服装は、ジプシーのように不潔だし、顔立ちは皆、ユダヤ人みたいだ。僕ら十人は、天井まで百八十センチしかない小さな家で寝泊りすることになった。ひとつしかないベッドの寝具を皆でわけあい、マットが足りない分は、藁(わら)を敷く。まあ、それでも我慢しなくちゃ。清潔さなんて期待できない(だから、僕は、また髪を短くしたんだ)。フランス語の堪能な同僚がこの家の女主（おんなあるじ）と交渉し、コーヒーと牛乳を提供させた。カフェオレと乾パンで夜の食事。大急ぎで出発したので、何にせよありがたい。その後、その家の女たちと戦争について話した。フランス人がこの戦争をどう思っているか聞くのは、興味深い。彼女たちも、僕らと同じように、戦争を望んでいない。彼女たちの夫も、僕らと同様、前線にいるらしい。要するに、敵軍の兵士なのだ。明日には、フランス軍、つまり、彼女たちの夫がこの村に向かって砲弾を放ち、ドイツ軍もろとも彼女たちも死ぬのかもしれない。何という皮肉だろう。でも、それが戦争なのだ。母さん、軍に入って以来、最高というほど元気にしているし、勇気を失っていない。安心してほしい。僕らは揺るぎない信念を胸に活動し、大義に身を捧げることに満足している。ここには失望も敗北もない。騎士道の格言にこういうのがあった。「死を直視している兵士だけが、自由な人間なのだ」今の雰囲気にぴったりだ。

母さんにキスを。妹のグレッチェンによろしく。

リヒャルト

モーリス＝アントワーヌ・マルタン＝ラヴァル。マルセイユの武器職人の家に生まれた。六人兄弟の

うちのひとり。この手紙は二十三歳のときに、妹のマリーに宛てて記したもの。第五十八連隊の軍医補助として、担架手の衛生兵とともに戦地に行き、負傷兵を回収するのが彼の任務だった。兄弟のアンドレ、フェルナンとともに戦地より生還。

1915・2・22

マリーへ

兵隊さんがいかに勇敢で男らしいか、想像できるかい。ここでいう、「勇敢で男らしい」というのは、新聞の見出しのようなうわべだけの平凡な表現とは違う。そんな使い古された意味で言っていると思われたくない。本当の意味で、この言葉を使っているんだ。具体的に話そう。昨日の午後二時、僕の所属する連隊のうち、三つの班がドイツ軍の塹壕（ざんごう）を攻撃することになっていた。だが、敵もさるもの、信じられないような防衛策を講じている。幅十メートル程度の塹壕を掘り、あらゆる方向に進めるようになっている。その手前には鉄条網を幾重にも蜘蛛の巣のように張り巡らせてある。さらに、敵の侵入を阻止するため、塹壕の連絡口には、鉄道からもってきた厚板でつくった、高さ一メートル七十五センチの巨大なバリケードが築かれている。

十四時には、大砲の撃ち合いが始まるはずだった。洗濯物干し場のように鉄線が張られた連絡通路を砲弾で攻撃、それと同時に、砲兵隊がドイツ軍の塹壕に銃剣をもって突っ込み、そこに隠れているドイツ兵をいっせいに追い立てることになっていた。

十四時半には信号弾があがり、砲弾攻撃が停止、銃剣部隊がとどめをさして作戦終了。こう書くと簡単だけれど、現実はそんなに甘くない。

そんなわけで、十四時に大砲による攻撃が始まる。地面が揺れる。十四時半、司令官が信号弾を打ち上げて、砲兵隊の活動を停止させ、兵隊に前進を命じる。

軍人や兵隊の身になって読んでくれ。

十四時まで、兵士たちは塹壕のなかで腹這いになり、ぐっすりと眠っていた。連日の重労働で疲れ切っていたのだ。隊長のひとりが言う。「かわいそうだな。もう少し寝かしといてやるか」

でも、三人の中尉はこの先何が起こるのかわかっていたんだ。彼らは、それぞれ、二百メートル分の区間を指揮することになっていて、何やら考え込みながら、塹壕を歩き回っていた。この攻撃に何の意味があるのだ。目的の達成はどう考えても不可能だ。鉄条網が行く手を阻んでいるうえに、その場で全員、殺されてしまう可能性もある。だが、どうしたらいい。攻撃命令は絶対だし、進むしかない。中尉のひとりは自分の隊の通信兵を呼び、こう言った。「お前の道具と銃をよこせ。私は部下たちと一緒に闘う。それから、ここに別れの手紙が四通ある。もし、お前が生き延びたら、今夜、これを投函しておいてくれ」

午後二時、三人の中尉はそれぞれの隊にまっすぐ前に走ること、フランスの未来のために身を捧げることを命じた。

でも、彼らは部下たちよりも事情がわかっていた。だからこそ、午後二時半、砲兵隊による砲撃のあとも有刺鉄線はそのまま約十メートルにわたって連なっているのを見てとり、ぞっとしていたんだ。

ちょうどそのとき、司令官が信号弾を打ち上げさせた。三人の中尉は定位置につき、部下の兵士たちと同じように、リボルバーや銃剣を手に自軍の塹壕を飛び出した。「銃剣用意!」「進め!」「攻撃!」「フランスのために!」中尉のひとりが国歌を歌い始め、部下の兵隊も唱和する。銃剣を構え、叫んだり歌ったりしながら三班は、演習の時と同じように、ドイツ軍の塹壕で合流すべく走っていく。各班の構成は、以下の通り。まず、中尉一名、その後ろに土木工兵が六名。土木工兵たちは、銃をもたない。片手に盾、もう片方の手に巨大なハサミをもって進む。そのハサミで鉄条網を切るんだ。で、その後ろに班の構成員が全員続く。最後尾には、六人の工兵がシャベルとツルハシをもってついてくる。敵軍の塹壕についたらすぐに、バリケードを壊すためだ。

まったく「すごかった」よ。特に、年輩の兵士たちが熱に浮かされたように突っ込んでいく姿はすごみがあった。彼らはもう何か月も中隊にいて、自分から危険のなかに突っ込んでいくんだ。確かにそう命じられてはいるのだけれど、彼はそれがどんなに危険か充分知っていて、多くの同僚をそんなふうに失っているんだよ。

三人の中尉は、次々と頭に致命傷を負って倒れていった。兵士たちも、トランプカードでつくったタワーが崩れるみたいに次々と倒れていく。残った者はそれでも進む。誰かがようやく鉄条網のところまでたどりつく。だが、鉄線が絡まり、それ以上は進めない。軍曹が倒れる。またひとり倒れた。これ以上は進めない。だが、戻るわけにもいかない。ドイツ兵は盾と塹壕で身の安全を確保しつつ、冷静にこちらを狙ってくる。そしてひとりひとり生きた標的を倒していくのだ。こちらの兵士たちは腹這いになり、指で土をひっかいて小山をつくり、せめてその後ろに頭を隠そうとしていた。

これ以上進めないと見て司令官が伝令をよこし、下がって後方の塹壕に戻れるかと打診してきた。伝令兵は、腹這いで戦線にやってきて、司令官の言葉を伝える。「可能なら、撤退せよとのことです」いやいや、もうこれ以上進めないし、戻れもしない。夜を待つしかなかった。

夜、僕は、同僚を手伝うため、B村に行った。負傷者がひとりまたひとりとやってきて、結局四十四人となった。三人の中尉は全員死亡。そのなかのひとりはオランジェの副知事だった。僕が最後に会った中尉も、額に銃弾を受けていた。

皆、実に我慢強い。負傷兵たちは誰も自分の運命を恨んだり、自分たちの身体をめちゃくちゃにした戦闘が何の意味ももたないことを嘆いたりしない。その傷口のむごいこと。肺が飛び出ているというのに泣き言ひとつ言わぬ者。首や肩に脳の一部が飛び散っているのに、「俺を連れて行ってくれ」と言い、まだ進もうとする者もいた。三か所も怪我をし、運ばれてくる途中でさらに傷を負った者もいた。その兵士は、骨折した左足に僕が応急処置をしようとすると、僕のほうを見て「フランスのためならこれしき」と言うのだ。僕は涙をこらえきれなかった。（中略）

ねえ、マリー、これだけ勇敢な闘いをした戦死者たちは、きっと天国に行けると思わないかい。それなのに下院の議員たちは、「戦功章」の授与を拒否し、「戦功章」そのものを廃止しようとさえしているんだ。兵士の表彰は軍の内部で行うべきだという理由でね。でも、師団から表彰されるだけじゃ足りないよ。なんて不公平で恩知らずな奴らだろう。議員たちは、パリの歓楽街をうろつき、暖炉の前でビロードのソファにくつろぎ、雨に濡れることもなく、ぴかぴかに磨いた靴にちょっとほこりや水滴がついただけで大騒ぎ。アブサンは有害かとか、「バー」と「飲料提供者」と「店舗」といった言葉をどう使い分けるかとか、そんな議論ばかりしてさ。危険から遠く離れたところで、憤り、苦々しげにこう言うんだ。「兵隊どもは何やってるんだ。どうして前進しない？　なに、私がその気になりさえすれば……」議員がそうしている間に、同じ国民たちが、歩兵が何をやっているのか。歩兵と聞くだけで、馬鹿にするような議員もいる。だが、兵士は、ほとんどが神に加護を求めるだけで、後世に名を残すことも期待せず、「陰で」多大な犠牲を払っているのだ。その犠牲に報いるだけの勲章を授け、感謝の言葉を述べるなり、遺族を支援するなりするのが、議員の本来の仕事ではないか。それなのに、ささやかな戦功章の授与さえ拒絶するなんて、ひどいじゃないか。正直に言って、小さな丸い金属がリボンの先にぶらさがっていても、失った片足、片腕に見合う価値があるわけじゃない。でも、戦争が終わり、負傷兵が世間から疎まれるようになったとき、勇敢な行為を思い出させ、せめてもの慰めになるのは、勲章ぐらいのものではないか。

勲章ぐらい簡単なことではないか。そんな小さなものでも、授与されれば勇者にとっては歓びになるし、他の者にも勇敢な行動を促す効果がある。いや、もちろん、勲章目当てに闘うわけではないだろうが、それでも、正当な見返りはあってしかるべきだと思う。

ドイツ軍のほうは鉄十字だの銅だのブロンズだの勲章を乱発しているというのに、わが国はけちだ。ああ、ごめん、マリー、話が横にそれたね。でも、議会でのやりとりを知って、怒りがおさまらないんだ。

名前は出さないけど(検閲でこの手紙が止められたらまあ、仕方ない)、できっこないことを平気で部下に命じる上官もいる。そんなことをさせたら死んでしまうことを承知で、まるで遊びみたいに、チェスか何かの駒のように歩兵たちを使い、手柄を立ようとする奴らもいるんだ。どうしてあんなことができるんだろう。

ごめん。驚かないでね、マリー。昨日から今夜にかけての出来事で頭に血がのぼったまま、これを書いている。僕自身が闘ったわけではないけれど、ひどく心を動かされたんだ。上級士官たちも皆そうだった。今朝だって、上級士官のひとりが怒りと同情で涙を流していた。

ああ、僕自身は元気だから、心配するなよ。

モーリス

アンリ・ジャクランは、一九一四年に三十歳。カンペール在住。高等師範学校で文学と歴史の教授資格を取得。近視のため、兵役を免除されていたが、総動員令発令の翌日に、兄弟たちとともに一兵卒として軍に志願。一九一四年九月、マルヌでの最初の戦闘で重傷を負う。二年間の療養ののち、一九一六年三月、機関銃手として再び前線へ。その後、戦車部隊付の歩兵隊に配属され、一九一八年九月二十六日、終戦のわずか二か月前にタウルで戦死。妻アンリエッタは、一九一一年に生まれたばかりの幼い息子とともに残された。

1915・9・27

父さんへ

日曜日に手紙が着いた。ありがとう。やさしい気遣いに感謝します。兄弟が危険な戦場で闘い、偉業をなしとげようとしているのに、役に立たない負傷兵として日々を過ごす僕を励まそうとしてくれているんだね。去年のことを思い出すと、焦燥がつのります。去年、僕は戦場で闘い、凱旋するときの英雄的な気分を味わいました。だからこそ、今、こうして病院にいる自分が許せないのです。

でも、過去の栄光は忘れようと思っています。ここ数日の戦況を心から喜び、吉報に酔いしれたいからです。わが軍の闘いぶりを知ったとき、僕は我を忘れて歓び、大声で笑い、患者仲間と乾杯して、国歌を合唱しました。

一万人、二万人と敵兵を次々と捕虜にし、領土を奪回したのですから。大騒ぎしたら熱が出て、眠れなくなりました。父さん宛ての手紙に詩人ぶるつもりはないけど、朝、暗い大地に霧が立ち上るときのように、僕のなかにフランスが立ち上ってくるかのように感じたんだ。フランス人であることをこれほど強く、激しく幸せに思ったことはありません。でも、どうして僕は、ここに、戦地から遠いベッドの上にいるんだろう。僕のいた連隊は、今頃メニルの近くにいて、祝勝のただなかにいるというのに。仲間たちは、もうやるべきことをやったんだ。負傷兵の名も公報に載っていた。僕の心は戦地にある。激闘のなかにいるマルセルや、大砲のそばにいるシャルルがうらやましい。父さん、彼らの近況がわかったら、すぐに知らせてください。彼らが名誉ある立場にいると同時に、危険な場所にいることもよくわかっているつもりです。少しでも早く回復したいと思っていたら、思いが通じたようです。たぶん、上官たちが嫌がるでしょうが、再度開腹して砲弾の破片の除去手術を受けることになりそうです。毎日、怪我をした脇腹について細々と症状を訴えています。何度も診察を受けました。今朝も、医者が来て安静を命じ、ちゃんと治るからと言葉をかけてきました。その医者は、司令官の十字勲章と准将の星章をつけていたので、彼を信じることにします。この傷がどうにかなるなら、どんなことでも受け入れます。でも、手術を受けなくてすむのなら、そのほうがいいです。手術台のことを僕らは「ビリヤード台」って呼んでいる。毎朝、包帯を替え、ヨードチンキを塗ります。午前中は新聞を読んで過ごし、午後は秋の海岸で過ごします。雨が多いうえに、寂しい光景が広がるばかりです。海はきれいだけど、悲しい美しさです。対岸の嵐のせいで、断崖の足元に重たい波を打ちつけているんです。

アンリ

デジレ・エドモン・ルノー。母は洗濯女、父は日雇い労働者。一八九一年五月十二日セーヌ・エ・マルヌ県モンテロー市エスマン村出身。彼は菓子職人だったが、三年にわたる徴兵期間を終え、民間人に戻る直前に召集された。第七十七歩兵連隊第十中隊所属。一九一四年八月二十二日に重傷を負い、その後四年の間捕虜となる。戦争が終わった後も、戦地で負った傷が原因で、菓子職人に復職することはかなわなかった。七年間待たせた婚約者は、別の人と結婚していた。その後、田園監視員、種商人となる。

1914・8・22

戦闘は夜明けから始まった。一日中、僕は闘った。初めて、ごくごく軽いものながら怪我をした。弾丸は、僕が自分の前に置いていた背嚢(はいのう)を貫通し、僕の手を傷つけ、軍服ごしに僕の胸をかすめたのだ。僕は自分でこの弾丸をとり、同僚のマルセル・ロワゾーに見せたあと、財布にしまった。僕は戦闘を続けた。ロワゾーは足を撃たれた。中尉が弾に当たって倒れるのが見えた。

戦闘は続く。僕のまわりには、死んだり、怪我したりした兵士がたくさん横たわっていた。午後三時頃、二百メートル先の塹壕にいる敵の兵士を狙っていたときに、左脇腹を撃たれた。骨が折れたような激痛が走った。弾は僕の身体を縦に抜け、腰から膝のすぐ上あたりにまで到達した。激しい痛みに加え、体じゅうが燃えるように熱くなった。周辺には、まだ弾丸が雨のように降り注いでいる。このままでは、また撃たれてしまう。僕は力をふりしぼって穴までたどりつき、そのなかで痛む身体を丸めた。

戦闘は終わった。生き残った兵士たちは後退し、僕たち負傷兵は、何の手当もされず置き去りにされた。喉が渇いて死にそうだった。

なんと恐ろしい夜だったことか。

一晩中銃撃戦は続いた。負傷兵が物音を立てると、真夜中だというのに、銃撃が再開され、機関銃掃射が地面をなめる。僕の頭上を弾丸が飛んでいったが、穴のなかにいるので、当たることはなかった。それでも、喉の渇きは徐々に激しくなり、思わず、ひとにぎりの燕麦を口にしたほどだった。

大砲の音も続いていた。ドイツ軍がローウィの街を砲撃していたのだ。

夜更け。苦しいので、両親のことが頭に浮かぶ。子供の頃、病気をしたときのように、母さんのことばかり考える。僕だけではなかった。周囲の負傷兵や、死にゆく者たちの口からも母を呼ぶ声がもれていた。

ようやく夜が終わる。空が白み始めてきた頃、急に、馬の蹄（ひづめ）の音が聞こえてきた。二人のドイツ兵が馬に乗ってやってくる。彼らが四百メートルのところまで来た。負傷兵たちが彼らに声をかけ、水をくれと懇願する。とつぜん、ドイツ兵が馬を止め、地面に降り立った。僕は穴のなかでじっとしていた。時間が止まったかのようだった。ただ喉が乾いていた。味方の兵士が助けにきてくれないかと期待し、時折、そっと穴から顔を出してみたが、誰も来ない。時間がたつにつれて、さらに苦しみは増した。日が昇ると、血の臭いに誘われて蝿がむらがってきたのだ。実に不快なので、振り払おうとしてもどうにもならない。

午後二時頃、すぐそばで物音がした。誰かが歩いている。頭をあげて確かめたかったが、もうそれだけの体力が残っていない。だが、足音は徐々に近づき、ついに僕のすぐ横で止まった。足音の主も負傷兵だった。彼は喉の渇きを癒すため、死んだ兵士の水筒を探していたのだ。見覚えがあると思ったら、第十一中隊の兵士だった。彼も足に怪我をしていた。彼は僕の横に寝そべった。あまりに長い間ひとりだったので、仲間を見つけて僕は安堵した。

彼は夜明けの銃撃戦で撃たれたのだという。まだ怯えていた。数時間そうしていたところ、彼が、遠くに数人の人影を見つけた。彼は跪（ひざまず）き、声を限りに助けを求めた。声が届いたらしく、人影がこちらにやってきた。赤十字の看護婦たちだった。二人の少女が僕の同僚を支える。ほかの看護婦たちも僕の腕と足をもって、運ぼうとしたのだが、そこに銃声が響いた。看護婦たちが僕を連れて行くのをドイツ兵が許そうとしなかったのだ。彼女たちまで撃たれてはかなわないと思い、僕は自分のことはこのまま放っておいてくれと頼んだ。だが、彼女たちは頑として譲らない。結局、彼女たちは僕を抱え、数分かけて、安全な場所、ローウィの入り口のところまで運んでくれた。そして、僕は車に乗せられ、マルラムの救護所に連れて行かれたのだ。そこでは、孤児院の何部屋かに、器具を持ち込み、負傷兵の治療にあたっていた。修道女がていねいに包帯を巻いてくれた。僕があまりにも痛がるので、医者がモルヒネを注射した。

つらい夜を過ごした。大砲の轟音が響き、砲弾が飛び散るのがすぐ近くに見えるので、怖くてたまらなかった。看護婦、看護人、修道女たちが昼も夜も僕らの世話をしてくれた。

八月二十五日、病室に砲弾が落ちてきた。予想外の事態だったので、とんでもない修羅場となってしまった。

女子修道院長が、真正面から砲弾を受け、即死した。看護師二名、介護人二名、さらに数人の看護婦が一瞬で死んでしまった。ベッドに寝ていた患者たちも傷を負った。さらに砲弾が降ってきたので、皆パニックに陥ってしまった。看護師、看護婦、動ける病人やけが人たちは、地下室に逃げ込んだ。

勇敢な修道女がひとり、動けない僕らと一緒に残った。救護所に砲弾が降り注ぐ。残った修道女も、ひとりでは僕らを運ぶことができないので、地下室に同僚を呼びに行く。だが、誰も危険な場所に戻ろうとはしない。結局、年老いた庭師と、小柄な看護婦が病室に戻り、僕たち重傷者をひとりずつ、地下室に運ぶことになった。

ようやく僕の番になった。でも、そう簡単にはいかない。勇敢な修道女と庭師は、本当によく頑張ってくれた。僕を椅子に座らせ、崩れ落ちた壁やあらゆる破片が飛び散るなか、死体をまたぎながら運んでくれたのだ。

勇敢な修道女は僕を地下室に送り届けると、まだ病室に戻ろうとした。まだひとり、負傷兵がベッドに寝たまま、崩れた壁の下敷きになっていたのだ。だが、皆は彼女を引きとめる。そんなことをすれば、彼女自身も死んでしまうし、病室に残っている負傷兵は「どうせドイツ兵なんだから」と言ったのだ。だが、「それでも人間です!」と彼女は答えた。彼女は地下室を飛び出し、庭師があとに続いた。しばらくすると、彼女は、庭師と二人でドイツ兵を抱え、地下室に戻ってきた。彼は死なずにすんだのだ。だが、もう限界だった。地下室にいる僕らの頭上でがらがらと音がした。あと数分遅ければ、勇敢な修道女と庭師は、自らの善意の犠牲になっていたことだろう。

ほんの数時間が長く長く感じられた。幸い、地下室は非常に頑丈にできていた。祈りが聞こえてきた。墓所を思わせる地下室。皆、祈らずにいられなかったのだ。

傷が痛んだ。移動のせいで痛みが増していた。ほかの患者も苦しそうだった。硝煙(しょうえん)が立ち込め、窒息しそうなほどだった。(中略)夕方、恐るべき事態が判明した。頭上で救護所そのものが燃え始めたのだ。飛び散った砲弾の破片が、火種となったようだ。さらにその火が通気口から病室に落ち、マットがわりの藁に火がつく。もうあとは大混乱だった。女子供や老人、軽傷者たちは逃げた。僕のようにひとりで動けない者たちは取り残された。火が迫ってくる。僕は、階段の下まで必死に這っていった。もちろん、痛みは尋常ではなかった。口から血を吐きそうなほどだった。そこへ、兵士や男たちが駆け付けた。ひとりの青年が僕を背負い、炎のなかから救い出してくれた。出入り口そのものが瓦礫でふさがっていたので、簡単なことではなかった。それでも、何とか脱出し、燃え盛る救護所から百メートルほど離れたところまで逃げた。頭上では相変わらず、砲弾が飛び交っていた。砲弾のひとつが、救護所のすぐ近くに落ちた。爆発の衝撃で、僕を背負っていた青年が転ぶ。青年は立ち上がると、そのまま逃げ出した。僕は助けを求めて叫んだが、彼の耳には届かない。彼は全速力で走り去り、僕は再び、川のなかに取り残された。

　砲弾が爆発し、明るくなったので、一瞬だけ遠くまで見渡せるようになったのだが、見えたのは、燃え盛る家々ばかりだった。

　ずっとそうしていたわけではない。十五分程度だったと思う。走って逃げてゆく男が見えたので、声をかけるとこちらに来てくれた。僕は彼に肩を貸してもらって、避難した。（中略）

　連れて行かれた赤十字の救護所は、温泉保養所のホテルだ。ここにも、砲弾が落とされ、人々はすでに地下室に避難していた。僕は大広間のベッドに寝かされた。そこにはすでに十数人の負傷兵がいた。地下室がいっぱいで入れなかったのだ。砲撃は翌日の午後二時まで続いた。要塞は完全に破壊されていた。ホテルも崩壊し、中隊もこれ以上持ちこたえることができなかった。死力を尽くして闘ったが、砲撃は夜も含め六日間続いたのだ。司令官が白旗をあげた。司令官は涙を浮かべ、もはや廃墟となった拠点を明け渡した。ほんの数日前までローウィの美しい町があった場所には、もう一軒の家すら残っていない。

でも、僕ら負傷兵は安堵した。修道女や看護人たちが傷病兵を地下室から運びあげ、ホテルの美しい客室に寝かせてくれた。医者が巡回して包帯を巻いてくれる。助かった。何しろここ数日、包帯の交換すらできない状態だったのだ。（中略）

僕らは捕虜としてドイツに移送されることになり、仲間たちは皆、泣いた。僕もフランスを離れると思うと辛かった。

ドイツ軍が僕らを駅に運んだ。勇気ある人々が最後まで僕らを気遣い、励まそうとしてくれた。僕は家畜運搬用の貨車に載せられ、わずかな藁の上に寝転がった。列車がゆっくりと動き出す。人々が泣きながら見送ってくれた。

デジレ

レオン・ウゴン。一九一四年九月九日、マルヌの初戦で、砲弾の破片を受け、怪我をした後、テュー

ルの病院に運ばれ、同年九月二十二日破傷風で死亡。折しもその日は、妻シルヴァニーの二十五歳の誕生日だった。二人には二歳半になる息子がいた。

1914・9・18　テュールにて

愛するシルヴァニーへ

かなり危ない状態にあることを君に告げずにはいられない。死にそうに苦しい。今のうちに言っておくけれど、死ぬことは怪我人として苦しむことよりも辛くない。少なくとも、僕のような怪我人にはね。

足は砲弾の破片だらけだし、骨も折れている。

毎日、包帯を変えるたびに、ピンセットで砲弾の破片や骨のかけらを取り除くのだが、痛くてたまらない。

ああ、本当に痛いんだ。治療が終わると、マラガ酒をくれるのだが、僕は飲みたくないので飲まない。

手術がいつになるかはわからない。

早くここを去りたい。どっちみち、いつかはそうなる。

怪我に加えて病気になってしまった。昨日、身体を拭いてもらったが、何もなりゃしない。身体を洗わなくては無理だろう。今夜は、身体を洗ってもらえるはずだが、忘れられてしまったのかな。身体を洗えば、さっぱりするだろうに。

とにかく、体調は最悪で、動くこともできず、枕元のテーブルで何とかブイヨンを飲んだだけだ。実に寂しい光景だよ。同じ部屋には二十九人の患者がいるんだけれど、皆、身動きできない。腕や足を骨折していたり、重傷を負っていたり、ほとんどが、僕と同じ、予備隊の兵士だ。毎晩、あまりよく眠れない。アジャンまで移送してもらえたら、会いに来てほしい。君がそばにいてくれたら、どんなに嬉しいだろう。君だって、僕に会えれば嬉しいだろう。元気で戻ることに比べたら、悲しい再会になるけれど、それでも、会えたら嬉しい。だって、仕方がないじゃないか。僕は今、窮地にあって、どうやったら脱出できるか、皆目、見当もつかない。

さて、シルヴァニー、君にすべて話したよ。すぐに話したかったけれど、君を悲しませるのが怖くて、今まで言えずにいた。でも、もう、きちんと話さなければならない時期が来てしまった。落ち着いて聞いてくれ。僕は怖くない。僕はひとりではないし、希望をもって生きている。もし、生きて帰ることができれば、息子の成長を見届けよう。息子がヴァンソの畑で働けるようになるまで一生懸命育てよう。僕にも、恩給が出るはずだ。この身体では、退役後もあまり働けないかもしれないけれど、恩給があれば生活の足しになるはずだ。

そんなに絶望的なわけじゃない。息子のガストンも働けるようになるだろうし、片足を失っても、まあまあの生活をしている人だっているんだから。

ああ、無事に帰れるといいな。僕の痛みがおさまるように祈っておくれ。
君の両頬にキスを。ガストンにも。

レオン・ウゴン

ペローは、オーヴェルニュ出身。従姉妹のマルト・ペローに宛てて、こまめに手紙を書いていた。農家だったマルトの夫も兵士となり、一九一六年に戦死している。

1915・7・19

マルトへ
体調良好。これ以上、神に望むものはない。
戦地の状況は相変わらず。鉄粉と火の粉が舞い飛ぶ嵐のなかにいる。恐ろしい場所だ。休む間もなく戦闘が続き、毎日、どちらからともなく、銃撃が始まる。まったく、今までに見たことのない光景、悲劇的であり、壮大な眺めさ。夜になっても、空が燃えている。不気味で恐ろしい音も聞こえてくる。身体が震える。とつぜん、鋭い矢が心臓に突き刺さったみたいに、激しい恐怖感に襲われる。落ち着きを失った魂は地獄をさまよい、絶望感のなかで神に助けを求める。

明るい話ではない。でも、業火がおさまり、空が静まり、タイタンども《ギリシャ神話に登場する巨人》も疲れ果て、穏やかさが戻ってくると、気持ちが楽になる。皆、塹壕から出てきて、生きていることを喜びあい、仲間と再会し、生活が戻ってくる。壊れたところを直し、崩れたバリケードを補修し、冗談が言えるようになる。フランス人だって、先祖のガリア人に負けないくらい素晴らしい。実に堂々たる国民なのさ。

僕は第二戦線にいる。仲間と一緒に砲弾が入ってこない地下の掩蔽壕にいる。皆、しゃべったり、歌ったり、笑ったり、煙草をふかしたり、眠ったり、書いたり読んだりしている。このところ、僕は中隊長にいじめられている。マニラ《トランプゲームの一種》で負けたんだ。プライドはずたずただし、ワインを買わされるしでさんざんだ。深さ十メートルのこの穴倉では、ぐっすり眠れるよ。迷路のような通路と秘密の階段の先にある恰好の隠れ家だ。暗くて妙な場所だよ。不気味なろうそくの灯。怪しげなたまり場。狭苦しいけど、快適な喫煙所のようでもある。ドイツ軍の大佐から僕らが奪い取った場所なんだ。そういう意味では、実にありがたい、神からのプレゼントだ。その大佐はさぞかし悔しかっただろうがね。ヴィルヘルム皇帝もキリスト教徒のはずだけど、神様は、ゲルマンの息子たちを懲らしめてくれた。あいつらにとっては、gott war nicht mit uns《ドイツ語「gott mit uns=神は我らと共に」をもじって、神は我らを見放した》というところかな。まるで聖なる洞窟のように常にろうそくが点されている。天国のどの聖人に祈っているのかは不明だがね。前線では、もう見慣れるほど、悲惨な状況が続いているけれど、それ以外は大丈夫。備蓄はたっぷりある。大柄の兵士たちも満腹にできるくらいにね。後方は居心地のいいところだよ。皆、息を吹き返し、短い時間を思いのまま、有効に使おうとしている。はめをはずしてもかまわない。真っ昼間から、やりたい放題さ。肉体は弱い。本性はどうしようもない。どんな行いも、戦地では大目に見てもらえるし、許されている。留守の夫に限りない尊敬と愛情をもっている女性でさえ、やさしく、しつこく、日に何度も僕らに身を任せてくる。結局、これも人生だってことを思い知らされるばかりだ。

皆によろしく。では、また。

従兄弟のペローより

特に送ってほしいものはないよ。

追伸、先日、上官に逆らった兵士を弁護した。それでも、彼は、罰として七年の労役をくらったよ。

断章　最初の夏

1914・9・6

軍にて

国の運命を左右する戦闘に臨むときは、すべての兵士に、もはや後方で見ている場合ではないことを自覚させることが重要だ。敵を攻撃し、撤退させるためならあらゆる努力を惜しまないこと。それ以上、前進できない場合は、身体を張って現在の地点を死守するべきであり、後退するよりもその場で命を失うほうが兵士のあるべき姿である。このような状況では、いかなる失策も許されない。

ジョフル

1914・8・5

熱狂も、喚（わめ）いたり、挑発したりするような興奮もまったくない。報復、復讐、国家の大義といった言葉も、野蛮で空疎なものに思えてしかたがない。だが、敵が攻撃してくる。ドイツ軍がわが国をめちゃくちゃにしようとしている。故郷のシャンパーニュ地方までやってきたら、うちの家族が犠牲になるかもしれない。やるしかないではないか。

エティエンヌ・タンティ

1914・8・8

皆がノルマンディーの路上に飛び出してきた。女たちがやけに悲壮感をたたえ、絶望的な顔でこちらを見るので、思わず笑い出しそうになった。蒸し暑い日だった。午後になると兵隊たちは皆、飲みに行ってしまったので、午後五時四十五分に中隊が集合したときには、なかなか滑稽な光景となった。嘆かわしいったらありゃしない。実に三分の二は、もはや自分がどこにいるのかもわからず、あれこれものを紛失するやら、周囲のものを倒すやらの状態だ。立っていることさえできず、中途半端な装備のまま、大声を出している奴もいる。夜になり、雨が降り始めた。

エティエンヌ・タンティ

1918・5・18

今年は、六月にトレフ種《ジャガイモの品種》を植えるんだね。僕がいれば、草取りを手伝ってもらえたのに、と嘆いている君の顔が目に浮かぶ。僕は手伝えないので、あらかじめ干し草を誰かに切ってもらうといいよ。この天気なら、すぐに乾くだろう。野原は草が生い茂っているだろうな。トルニオーの菜園も、そろそろ草刈りの時期だ。

ジャガイモは売れたかい？　リュシー、僕だったら、もっとノワール種を植えるな。あっちのほうが収穫量も多いし、簡単に引き抜けるから、収穫の手間も少ない。明日の朝、君の手紙を読むのが楽しみだ。いつもより愛情たっぷりの手紙だといいな。好天が続いているので、何とか農作業を終えることができるといいのだけれど。たとえ、五月二十日までに終わらなくても、深刻に考える必要はない。以前にも似たようなことがあったし、収穫が絶望的になったわけじゃない。一九一〇年は、確か、六月六日まで作業が終わらなかったと記憶している。

シェントルの畑はうまくいったかい？　燕麦(えんばく)はちゃんとできた？　シェントルの麦が、ちゃんと穂を出しているか、教えてくれ。この季節、ライ麦畑の穂が揺れる様はきっと、美しいだろうな。バティストとミミは徴兵猶予(ちょうへいゆうよ)がもらえなくて落ち込んでいるだろうね。彼らがいれば、もうとっくに干し草も出来上がり、刈り入れも終わっていたはずなのに。

ジャン・ドロン

1915・6・12

できないことは、気に病むことなく、そのままにしておけばいい。特に干し藁(わら)についてはね。全部刈り取らなくても放っておけば、牛が食べてくれる。無理しないでいいから。

ジャン・ドロン

1914・7・29

勝手に想像して興奮するよりも現実を直視しなくてはいけない。戦争は、まるで腸チフスの熱みたいだ。罹(かか)ってしまった以上、闘うしかない。

エティエンヌ・タンティ

1914

進軍の際、ペネル軍曹が横になっている兵士にも、立ち上がって前に進むよう命じた。命令をきかせようと、兵士を足でつついたが、動こうとしない。軍曹がかがみこんで確認したところ、それは死体だった。腹這いになって銃を撃っているうちに弾が当たり、そのままの姿勢で死んでいたのだ。さすがに僕らもぞっとしたよ。

ピエール・ショーソン

9・7　月曜日

勝利、勝利と僕は歌った。大きく深呼吸をして、新鮮な空気をむさぼるように吸い込み、手紙をむさぼるように読む。大砲四十四基を奪い、ドイツ軍を十五キロにわたって後退させた。今朝、農場で、負傷兵たちに会った。僕は彼らに飲み物を渡した。ドイツ兵、フランス兵、百人ぐらいいたかもしれない。ようやく、初めて前線に行ったんだ。子供みたいな興奮ははじけとんだ。第七十四隊の中尉、第百二十九隊の中隊長がいる。三、四人ずつのグループがあちこちに散らばり、皆から離れ、まだ赤いズボンで腹這いの銃撃姿勢のままでいる兵士もいる。皆、フランス軍の兵士だ。皆、兄弟であり、同じ血を分けた兄弟だ。兵士が運ばれてくる。死んではいないが、瀕死の状態にあり、ずっと泣き声とも呪詛(じゅそ)とももうめき声ともつかぬ音を立てている。かわいそうに。まだ若い兵士だ。だが、慰めてくれる母はいない。頭にはぱっくりと傷が口を開けており、助かる見込みはない。メダルには「ルイ・バリエール、第四局、一九一三年度兵」とあった。二十歳か。道路沿いの木にもたれている兵士もいるが、彼らに構うものはいない。だって、手の施しようがないのだ。包帯を巻くのがせいぜいだろう。こんな戦争を望んだ奴らはとんでもない。どんなに責めても足りないだろうよ。昨日の朝、農場の壁の裏で、背嚢(はいのう)を負ったまま、予備隊の兵士が銃殺されるのを見た。その兵士は鶏を盗んだのだ。

モーリス・マレシャル

1914・9・20

実に悲惨な一週間だった。そもそも、フランシュヴィルを出発して以来、昼も夜もない。明るくなったり暗くなったりしながらも、ずっと同じ日が続いているみたいで、強行軍や戦闘で身も心もぼろぼろになっていく。現実は想像を超えるものであり、もはや書くことも難しい。だが、それでも書くのは、もし僕が死んでも、ここに書いたこと、君に伝えたことは残るからだ。

エティエンヌ・タンティ

秋

automnes

秋は、雨と土と枯葉の季節。前線では、兵士たちが穴を掘る。死への道を一歩ずつ進んでいくように、墓穴のような塹壕（ざんごう）を掘る。秋は死者の季節。日暮れが早まる。傷口が化膿（かのう）する。野や丘の塹壕で、人々は肉弾戦に備える。首、腹、手首のやわらかな肌は弱点となる。辛苦の季節。死にゆく兵士は、遠くの母を呼ぶ。とどめを刺された負傷兵の叫び。帷子（かたびら）のような霧が、地面の上を漂う。死体置き場で腐っていく遺骸。落ち葉のなかにうずもれていく顔。ただひたすら闘いの日々。死んだ馬、通り過ぎるカラス。死者の祭り《十一月一日の祝日、日本のお盆のような行事》。でこぼこの墓地、急ごしらえの墓。もうすぐ死にゆくものはすでに思い出として語られる。溝を掘り、石板でふさいだだけの共同墓。秋は廃墟の季節。喪の季節。湿った森。下降する季節。鋼（はがね）が錆びつき、金属がゆがむ。収穫の季節。わずか五か月で、百万人のフランス兵が死んだ。当初の召集兵の四分の一だ。ヴェールをかぶった寡婦（かふ）。沈痛な面持ちの母。悲しみに暮れる婚約者。新婚なのに孤独な花嫁。白い肌と黒い喪服のコントラストが女たちの嘆きを代弁する。砲弾がつくった穴が水たまりになり、爆発で掘り返された土から這い出てきた気味の悪い虫どもが、そこにたかっている。虫たちは死んだ兵士の水筒にむらがり、渇きをうるおす。農作業と種まきの季節。大地が息を吹き返し、土に眠るものたちを養分に変える季節。

アレクシス・ベルトミアンは、戦場から生還した。一九一四年から一九一八年にかけて彼は戦地から妻のマリー・ロベールに頻繁に手紙を書いている。妻とは開戦のわずか二か月前、一九一四年六月にアヴェイロンの小さな村、トレムーユで結婚式をあげたばかりだった。

1915・8・24

マリーへ

二十日付の手紙が届いたので、すぐに返事を書いている。僕はいつも通り、元気です。君も元気だと聞いて嬉しく思っている。僕が教えたことに君は感謝してくれていたけど、僕のほうこそ、自分の知っていることを君に話せるだけで嬉しいんだ。砲弾の重さを知っているかい。ついさっき聞いたばかりなんだけれど、書こうとすると全部は思い出せない。

七十七ミリ砲は、砲弾が二十－二十五キログラム、大砲本体が二・五トン

百五ミリ砲は、砲弾が三十－三十五キログラム、大砲本体が四・五トン

二百二十ミリ砲は、砲弾が八十キログラム、大砲本体が八トン

三百二十ミリ砲は、砲弾が百五十キログラム、大砲本体が十五トン

ドイツ軍は、さらに四百二十ミリ大砲ももっている。これは、四十五トンで、砲弾は一トンにも

およぶ。要塞や城塞を攻撃するときに使うものだ。移動するときは、車両で牽引し、砲弾は電気式で自動的に充填されるようになっている。何しろ重たくて人力では動かせないんだ。一発撃つだけで、三万三千フランかかるんだって。ドイツ軍は、重砲をたくさん所持している。だから、しぶといんだ。砲弾は、敵に多大な損害を与えることができるからね。フランスも軍備増強を進めているけれど、彼らのようにはいかない。イギリス軍も、重砲を備えている。イタリアにも強力な砲兵部隊がある。野戦用の大砲は、フランス軍のものと同じ口径らしい。

君にこの葉書が届く頃には、新聞にこんな見出しが躍っているかもしれない。「ロシア艦隊、ドイツ軍を撃破」ってね。巡洋艦三隻、駆逐艦七隻、さらに千十三人が乗務する二万二千トンの大型装甲艦を撃沈したんだ。すごいな、数十億フランが海に沈んだんだもの。だから、ドイツ軍はリガに上陸できなかった。もし、ドイツ軍が上陸していたら、そのまま進軍してサンクトペテルブルグに迫り、ロシアは負けていたかもしれない。だからこそ、この勝利はロシアにとって大きい。今日はこのぐらいでやめておくね。君からの手紙をいつも待っている。世界でいちばんやさしい愛撫と甘いキスを君に。

君を心から愛する夫、アレクシスより

モーリス・マレシャルの手帳

1914・9・27 日曜日

ああ、退屈で変化がなく、気が滅入る。もう二週間もこの地にいる。僕が思い出す限り、一八七〇年の戦争《普仏戦争》のときは、もっと激しいぶつかりあいがあって、まさに戦闘という感じだったような気がする。もうずっと、グラヴロット、ライショフェン、ルゾンヴィル《いずれも独仏国境地帯の地名》といった地名ばかり耳にする。でも、こうした町の名を聞くと、行動しろ、力をあわせて一丸となれ、と言われているような気がして、エネルギーとヒロイズムが掻き立てられる。普仏戦争の兵士たちは、まさに戦士であり、野を駈け、身体を張って闘った。彼らにはプロシア兵の姿が見えていた。だが、僕らにはドイツ兵の姿が見えない。残念ながら歩兵の仕事は、「できるかぎり砲兵隊に殺されないようにすること」に尽きる。そのために、僕らは夜に移動し、活動するのは、早朝か、夕暮れ。常に逃げ回って隠れているだけ。ようやく現場につくと、まず、司令部の位置を定め、どの中隊はどこへと指示された場所につく。塹壕のなかにもぐり、また待つ。何も見えない。だが、音は聞こえる。しかも、尋常な音じゃない。大砲が火を噴き、僕らは砲弾の数を数える。銃から片目だけ離して、着弾地を確認する。だが、ドイツ軍、新しい砲弾を用意しているドイツ軍が見えたときは、皮肉だし馬鹿馬鹿しくもあるが、すぐに身を引っ込める。ほらね、英雄になるチャンスすらない。ただひたすら、うまく隠れるだけの戦争。ピクリン酸《爆薬の一種》爆弾だの、メリニット《ピクリン酸を含む強力な爆薬》を詰めた爆弾だのをさんざん投げつけあった挙句に、これだ。どすん。ああ、これは近いな。どーん。皆地面に伏せたまま、砂と埃にまみれている。黒い煙が立ち込めて何も見えやしない。だが、うめき声が聞こえる。むごい光景だ。語る気にもなれない。七、八人がいた真ん中に何キロものメリニットが詰まった大きな砲弾が轟音とともに落ちてきた。怪我が軽い者は、恐怖のあまり、咳き込みながら逃げていく。この惨状の前では、皆、無力な子供のようだ。腕から血を流している者、ぼろぼろの靴に穴があき、そこから肉が見えている者。ドイツ兵は、別の塹壕の前を歩いている。足を引きずっているが、めそめそしていない。ああ、ドイツ兵も、ほとんどの奴は勇敢だ。恐怖に怯えながら、彼らもこう思っているのかもしれない。「これでおあいこだ。まだ穴のなかに残っている者もいる。明日はあいつらを殺(や)る番だ……」

日が暮れる。空も木々も丘もすべてが美しさを取り戻す。西日を受けて、シルエットがくっきりと浮かび上がる。ティルの尖塔がオレンジ色の空から切り抜いたように黒い影となっている。風に運ばれ、砲弾の硝煙(しょうえん)の名残が漂う。すべてがやさしく、壮大で、威厳をもち、圧倒される。

そこで、僕らはようやく音もなく立ち上がり、背嚢(はいのう)や銃をかき集め、宿営地へと帰ってゆく。僕らと入れ替わりに、昼間休んでいた連隊がやってきて、それぞれの位置につく。寒くて、軍旗をもつ手がかじかむ。よくわからない。ああ、本当にわからない。こんなことで、国のためになるんだろうか。僕らは何も行動していない。

モーリス・マレシャル

マルタン・ヴェヤグーは、一八七五年七月二十八日、ケルシーに生まれた。一九〇〇年に妻のウジェニーと結婚。結婚早々、二人はパリに働きに出た。夫婦で建材の販売会社を立ち上げたちまち成功をおさめる。モーリスとレイモン、二人の子宝にも恵まれた。

マルタンはジャン・ジョレス《開戦に反対した政治家》を尊敬していた。素人ながら詩も書いていた。第二百四十七歩兵隊に配属になり、一九一五年八月二十五日に戦死。

出征する父親に敵の銃弾とヘルメットをおねだりした長男モーリスは、父の死後、家計を支えるために化学薬品工場で働き始めた。そのモーリスも父の死の三年後、一九一八年一月に急性白血病で死去している。享年十四。

モーリスへ

お前のお願いにできるだけ答えるとしよう。まず、戦線のことだけど、お前がたどれるように、この便箋の裏に地図を描いておく。母さんにも説明してあげてくれ。たぶん、母さんよりお前のほうがよくわかっているんじゃないかな。ドイツ軍の銃弾も約束するよ。今度、持って帰る。でも、ドイツ軍のヘルメットは無理かもしれない。今、ドイツ兵からヘルメットを取り上げるのは、時期が悪い。とても寒いから風邪を引いてしまうかもしれない。それにね、モーリス、考えてごらん。ドイツ人だって僕たちと同じなんだよ。もし、ドイツの子供がお父さんにお前と同じようなおねだりをして、ドイツ兵がフランス軍のケピ帽を持ち帰ったとするだろう。その帽子が父さんのケピ帽だったら、お前、どう思う？　モーリス、この手紙をとっておいて、大人になったら読み返してみてほしい。そうしたら、きっと、父さんの言いたいことが今よりもっとわかると思う。かわりに、お前とレイモンと母さんのためにサクラソウの押し花を送ろう。今、父さんがいるこの場所で、きっと去年までは子供たちが（男の子も女の子も）、この花を摘んで遊んだんだと思う。今年は、その子たちのかわりに、父さんが大きな子供のようにして、この花を摘んだ。お前たちに送るためにね（ああ、でも、父さんはこの花を盗んだわけじゃないよ。どっちみち放っておけば、そのまま枯れちゃうんだ）。この花を送るから、自分の家にいられなくなってしまった子供たち、この花を摘めなくなってしまった子供たちの悲しみをちょっとだけ考えてみてほしい。父さんは家のなかも見てみた。調理道具の置き場に困って、子供たちのベッドに置いたのだが、子供用ベッドが二つ並んでいるのを見たら、どうしてもお前たちのことが頭を離れない。涙が浮かんできて、この家にいられなくなった子供たちに比べれば、お前たちはまだ幸せなほうなんだと父さんは思ったよ。

マルタン・ヴェヤグー

エルンスト・ヴィトフェルドは、一九一四年に三十四歳。アレクサンダー・ハインリヒ・ルドルフ・フォン・クルックのもと、ドイツ第一軍第一部隊の擲弾兵だった。農家に生まれ、農業に従事。

1914・10・31　ホリモントにて

両親とルイーゼへ

つらい一週間だった。三日三晩、恐怖のただなかにいたんだ。火曜日の朝、すべての荷物を持ち、もう戻れないかもしれないと思いながら、ここを出た。でも、金曜日の夕方に帰ることができた。僕が見たことのすべてをここに書くことはできない。僕らが出会った子供たちや女たちは、皆、飢えて死にそうな状態にあった。あまりにもかわいそうで、あまりにも残酷で、とても話せるものじゃない。村に男たちはほとんどいない。年配者だけだ。君たちは幸せだよ。戦地から離れた場所にいる君たちは、幸せだ。でも、それがどれだけ幸せなことか、わからないんだろうな。嘆いたり、愚痴を言ったりするもんじゃないよ。君たちにとっての困りごとなんて、大したことじゃない。僕がここで見たことでさえ、人や馬の死体があちこちに転がる戦場の光景に比べたら、大したことじゃないかもしれない。そうだね。でも、もう僕はそんなものをたくさん見過ぎた。不幸も悲しみももうたくさんだ。農作物は、外にほったらかしになっていたり、一部しか刈り取られていなかったり、束ねてあったり、あたりに飛び散っていたりする。こんなに美しい麦畑が放置されたままになっているなんて、悲しい光景だ。それでも、この次の手紙ではもう少し詳しく書くつもりだ。ルイーゼ、手紙を書くときは便箋にびっしり書いてもいいんだよ。端から端まで使って書いてもいいんだ。ごめん、写真は送れない。軍人以外は、この宿営地に入れないし、写真も撮ってはいけないんだ。メッツにも行くことはできない。どっちみち、いつでも召集ラッパが聞こえる範囲にいなくてはいけないのでね。この決まりを破ったら、厳罰が下される。僕が兵士として罰を受けることは君も望んでいないだろう。そのうち、中隊全体の集合写真なら手に入るかもしれないので、やってみるよ。でも、すぐには無理だ。このところ、酔っぱらって罰をくらう兵士が続出している。この前、俸給が出たときなんて、もう毎晩、大騒ぎだった。夜遅く、べろべろになって帰ってくる仲間たちを見ていると、悲しくなるよ。

父さん、母さん、ミンナからも、僕に何か送りたいという手紙をもらった。でも、そんなものは受け取れないし、きっと、彼女の家族もそれを知ったら反対すると思う。彼女にそう伝えておいてくれないかな。僕から直接そう書き送るのは気が引ける。今日、ゴデスベルグの葉書を受け取った。小包も発送してくれたらしい。父さん、母さんも何か送ってくれるなら、とても助かる。夏に出した手紙では、迷惑かけたくなくて、こんなことは書けなかったんだ。

エルンスト

追伸、写真、近々、手に入るといいんだけど。

ジャック・アンブロシーニ。オート・コルス県スプロンカート村《コルシカ島》出身、実家は農業を営んでいる。十九歳のときに志願し、ガリポリの戦いで、トルコ軍と闘う。終戦時の階級は中尉。弟フランソワに宛てた手紙には前線の恐怖の日々が綴られている。

1915・5・19

フランソワへ

話の続きを書こう。そんなに長くはならないはずだ。前回の手紙は、攻撃に出発するところで終わったんだよね。銃剣を肩に塹壕（ざんごう）を飛び出す。中隊長を先頭に三十から五十メートル突き進み、最前線にある別の塹壕に到着する。そこでは、仲間が腹這いになって配置についていた。

弾が飛ぶ音がしたが、当たった者は誰もいない。殺意を胸に、火薬の匂いとけだものたちの叫びに背中を押されて、僕らはまるでひとりの人間のように一丸となって進む。そう、僕らは、このとき、殺すこと、皆殺しにすることだけしか考えないけだものになっていた。ヴィクトワールが隣にいたはずだが、狂ったように前進するうちに、見失ってしまった。仲間が次々と倒れていく。ほとんど全員が傷を負った。雄叫びが苦痛の叫びに変わる。妻の名を呼ぶ者、子の名を呼ぶ者。「お母さん」「楽にしてくれ」「殺してくれ」心が張り裂けそうになる。おびただしい血が流れている。それでも僕らは進む。死体を乗り越えて進む。トルコ軍が百人ほど地面に身を伏せている。わが軍の七十五ミリ砲も海軍の大砲も敵に損害を与えていた。敵兵も皆、おじけづいている。怪我をしていない者は、大慌てで逃げてゆく。僕らはまだ走りっぱなしだ。でも、逃げる敵兵に追いつくことは難しい。そこで、片膝をつき、銃を構えると敵兵に照準を定める。パン！　狙った奴が倒れる。敵軍の塹壕に降り立ったセネガル兵《当時はフランス植民地からも多くの兵が連れてこられていた》が、ドイツ兵にとどめをうつ。僕らも、そうするように命じられていたけれど、僕には勇気がなかった。三つ目の塹壕に到着すると、負傷した年輩のトルコ兵が、辛うじて動く片腕で、木材にくくりつけた白旗をあげていた。僕は確認のために、その男に歩み寄った。すると、あろうことか、男は僕をじっと見つめたかと思うと、銃を手にとり、僕に向かって構えたのだ。哀れな奴め。僕は彼よりも素早く自分の銃剣を奴の左こめかみに当てると、反射的に引き金を引いた。脳漿が飛び散り、僕の顔にまでかかった。奴は詫びを言いながら死んでいった。僕は再び歩き出した。「いいか、負傷兵を見たら、全部、殺してしまわなくちゃだめだ」と自分に言い聞かせる。第一から第五まで、五本の戦線を進み、敵兵をすべて殺した。負傷兵であっても、僕らに向けて撃ってくるので、殺すしかなかったのだ。僕らは斜面を制覇し、陣地を得た。ふと見ると、前方三十メートルのあたりに大急ぎで逃げていくトルコ兵の姿が目に入った。僕は膝をつき、照準をあわせ、引き金を引いた。男は、まるで高いところから落ちたかのようにうつぶせに倒れた。駆け寄ってみると、男はまだ死んでいなかった。だが、弾はしっかりと急所を捉えていた。もう一発。脳漿が飛び散る。トルコ軍はまだ近くにいた。僕らの進撃は続く。だが、敵に追いつくのは不可能だ。敵は谷に降りていった。そうなると撃っても弾は届かない。先頭に立った中尉が振り返り、僕を励ます。だが、そのとき、僕は撃たれてしまった。左足に電撃を受けたかのような痛みが走り、前のめりに倒れた。痛みはない。ただ、血が流れ出したのを感じた。そのまま数分間、背嚢（はいのう）で頭を守り、横たわっていた。倒れた僕を追い抜き、前に進んだ兵士が、僕のほんの二メートル先で砲弾の爆発を受け、頭がばっくり割れて倒れた。僕は起き上がった。何とか歩けることがわかったので、背嚢を背負い、銃を腕に提げ、救護所に向かった。銃撃と砲撃は激しさを増していた。歩いて避難する負傷兵は僕だけではなかった。トルコ軍も僕らに気づいた。仲間が、トルコ兵を銃剣で突き刺している間にも、右手に現れたトルコ兵たちが僕らに弾丸を降らせてきた。もはやこれまでかと思った。僕のすぐ横を弾丸がかすめ、砂埃があがった。砲弾の雨のなか、五十メートルほどの距離を駆け抜けるしかない。僕は砲弾の落ちる場所に目をやった。「葉巻（シガール）」と呼ばれる不発弾のところだけは、安全に通り抜けることができる。「シガール」は爆発せず、ゴムまりのように弾むだけなのだ。僕は不発弾に「ごくろうさん！」と挨拶してそこを駆け抜けた。そのまま歩きつづける。ようやく、銃弾も砲弾も届かないところまで来た。（中略）僕は必要な荷物をまとめ、そこから数キロ先にある野戦病院に向かった。血はどくどくと流れつづける。少なくとも三リットルは失ったような気がする。足も靴下も血でぐっしょりと濡れ、歩くとちゃぷちゃぷ音がするほどだった。救護所についてもしばらく順番を待たねばならなかった。知り合いの将校を見つけたので、頼んで足を縛ってもらった。止血しないと気を失いそうだったのだ。将校が止血してくれたので、まだ痛みはあったけれど、とりあえず、安堵した。ようやく傷口を見る。

大したことない。僕はほっとした。銃弾は鼠径部から左太腿に抜けたようだ。あと一センチ右に寄っていたら、大事だった。痛みはあるが、泣き言は言わない。かわりに歌っていた。ロバの背に乗せられ、五キロ先のセドゥルバヒルの港に連れて行かれた。何かと時間がかかり、ようやく、朝の三時にガンジュ号に乗船、ここでちゃんと治療を受けることができた。ただ、食事は劣悪で、夜もあまりよく眠れない。(中略)

この手紙、父さんたちにも転送しておいてくれよ。父さんたちにも、弾の雨が降る戦場の三日間がどんなものか、知らせておきたいから。友人たちにもよろしく。

ジャック・アンブロシーニ

ルネ・ジャコブは、一九一六年にヴェルダンで戦死。父は、車大工。彼自身は、ヨンヌ県、ビュシー・アン・オトで、パン屋を営んでいた。妻リュシーとの間には三人の子どもがおり、いちばん年上の長女でさえ、まだ八歳だった。

1915

どう書けばいいのだろう。言葉が見つからない。ついさっき、ムオーの村を横切った。ムオーは、時が止まったように静かだった。マルヌ川には洗濯船が浮かんでいたが、橋はすでに壊されていた。僕らはソワソンに向かい、斜面を登って北の台地に出た。するととつぜん目の前が開け、まるで舞台の幕があがったかのように、恐ろしいばかりの戦場の光景が広がっていたんだ。

道の傍ら、渓谷にも、畑にもドイツ兵の死体が転がっている。黒褐色や緑がかった色になりはて、崩れかかった死体に九月の太陽が照りつけ、蠅がむらがっている。折り曲げた膝を宙に突き上げていたり、塹壕の斜面に手をかけていたり、奇妙な姿勢のまま朽ちていく死体。内臓がぶちまけられた馬の死体は、人間の死体よりもさらに惨い。石灰や藁、土や砂をかけ、焼いたり、埋めたりしてある死体もある。腐敗した肉から立ち上る、ぞっとする臭い、死体の臭いが立ち込めている。息ができなくなりそうなほどで、実にその後四時間、その匂いがついてまわった。これを書いている今も、あの臭いがつきまとっているような気がして、胸がむかむかする。野原を吹き抜ける嵐のような風がすべてを吹き飛ばしてくれればいいのだが、せいぜい燃え残った炎の煙を散らす程度にしかならないだろう。死の臭いまで消すことはできない。「これが戦地というものか」とつぶやいてみる。いや、戦地ではない。殺戮の地だ。死体そのものは大したことじゃない。彼らのゆがんだ顔、ねじまがった顔はもはや思い出せない。でも、どうしても忘れられないのは、廃墟の眺め、めちゃくちゃにされた田舎家の姿だ。これらは略奪にあった家々なのだ。

ルネ・ジャコブ

モーリス・マレシャル（チェリスト）

10・23・ティルにて

崩れかかった小さな教会。内部は略奪にあったらしく荒らされている。漆喰とレンガの残骸のなかに一脚の椅子が残されていた。こんな混乱のなかにあっても祈りに来る人がいるのだ。椅子の背には、まだ本が開かれたままになっていた。倒された木々はぼろぼろになり、悲鳴をあげるかのように、ねじまがった根を空に向けている。フランス兵の墓があった。スコップでちょっと土をかけただけだったらしく、土のなかから靴先が二つ覗いている。こうした光景は、憎悪にあふれる記事を載せたパリの新聞よりも、現実として胸に迫ってくる。新聞ときたら、サンサーンス対ワグナーの戦争だと書いている。馬鹿みたいだ。愚か者たちは、敵国の天才音楽家を攻撃し、打ち負かそう、それがだめなら価値を貶めようとしている。幸いなことに、こうした論争は一時的なものだ。本当に良い作品は、愛国心を勘違いしたジャーナリストがどんなに責めようが、けなそうが、罵倒しようが、きっと残るんだ。

モーリス・マレシャル

ラウル・ピナは、一八九六年、ヴァランス生まれ。代々ドーフィネ地方に暮らし、父は国立工科学校の卒業生であり、職業軍人だった。息子のラウルは、一兵卒として第一次世界大戦を戦い、終戦までに中尉となる。戦後は、農場経営者となり、保険業、文房具店の経営などにも従事する。

1917・4・22　手帳より

掩蔽壕が崩れた。なかにはまだ人がいる。

もはや、爆撃を気にしている場合ではない。僕は大急ぎで対壕の奥にツルハシをとりに行き、一斉爆撃の間隙をぬって掩蔽壕にたどりついた。

ルプールもシャベルを手にしていた。急いで土を掘り起こす。なかには四人の兵士が生き埋めになっていた。恐ろしい光景だった。

声が聞こえてくる。「早く助けてくれ、息ができない。死にそうだ」「おい、どこだ」「ここだ、ここにいる」

だが、掘っても掘ってもたどりつかない。このままでは窒息してしまう。

爆弾は、掩蔽壕の真上に落ちたのだ。何もかも崩れ落ちた。柱、支柱、丸太が粉々になった。そこに土が覆いかぶさってきた。埋もれた兵士と、地上の間には、厚さ一メートルの瓦礫が積み重なっているのだ。

ルプールが呼びかける。「名前は?」「ルヴナス」「ほかにもいるのか」「わからない」もういちど声をかけてみる。だが、ほかに返事は返ってこない。

ちょうど爆撃は途絶えていた。

第七中隊の使役人たちが手に手に道具を持って駆け付けた。皆で急いだ。地の底から助けを求める声に心を動かされたのだ。

あたりを見回し、人数が充分足りていると判断したルプールはシャベルを置き、いつものように淡々と写真を撮り始めた。「おい、気をつけろ。一発来るぞ!」皆、怯え、大慌てで逃げ出した。爆弾がヒューっと音を立て飛んできた。当たる! いや、爆弾は僕らに土と砂利と木片を浴びせかけただけだった。

フォンテーヌと、第七中隊の二人と僕だけが残った。

急げ。僕らは穴を掘りつづけた。ようやく片手が見えた。土が動いたかと思うと堅くこわばった手が現れたのだ。僕はその手を摑んだ。兵士は喜びに声をあげた。「早く助けてくれ、息が苦しい」だが、空爆が再開された。飛行機から僕らが見えたのかもしれない。百五十ミリの爆弾が僕らの数メートル先に落ちた。どんどん弾が落ちてくる。誰かが言った。「逃げよう。殺される」「いや、だめだ。彼らを助けなくては」僕らは残った。そして、土や柱の残骸や石をどけていった。汗がとめどなく流れる。

「この手だな。お前の右手なんだな」「そうだ」「頭はどこだ」「もっと下だ。手を上にあげているんだ」ああ、まだずっと下なんだ。しかも上からは爆弾が降ってくる。土が熱い。手をたぐり、腕を掘り出すと、ようやく頭が見えてきた。そこだけ土が熱を帯びている。土を通して吐く息の熱が伝わってくるのだ。声もはっきり聞こえるようになってきた。僕は注意を払いながら両手で土を掘った。髪が出てきた。額が出てきた。急げ急げ。ようやく口まで掘り出した。これで息ができる。ああ、本当にルヴナスだった。「かわいそうに。ひどい目にあったなあ。心配するな。すぐ出してやるから。もう大丈夫。大丈夫だって」声をかけると彼も少しは元気が出たようだった。ずっと続いていたうめき声がようやく止まったのだ。

ラウル・ピナ

ルネ・ピジャールは一九一四年に二十歳。ヨンヌ県生まれ。父はパリの水道局で現場監督として働いていた。ルネは印刷工だったが、ヴェルダンで負傷後、上等兵に昇進。一九一七年に捕虜になる。同年十月十七日、捕虜収容所から脱走しようとして、電気柵で感電死。

1916・8・27

父さんへ

母さん宛ての手紙に書いたけど、自分が、弾丸や砲弾という、金属のかけらの行方次第で、消えてしまうちっぽけな存在に思えていただけに、休暇で帰省し、皆に再会できたことは本当に嬉しかった。

生活のなかで自分らしくあるのは本当に難しいんだ。砲弾のひゅるひゅる鳴る音が聞こえない時間を持つこと。藁(わら)の上で身体を伸ばして寝ること。きれいな水を飲むこと。獣のように闘ったあとは、きれいな水を飲むことさえ難しい。砲弾がつくった穴のまわりに十数人が集まり、よどんで泥まじりの汚い水を争うように飲むしかない。温かい食べ物を存分に食べることもできない。食糧がないときもあるし、ようやく食べ物が手に入っても、土がついているくらい、よくあることだ。顔を洗い、靴を脱ぎ、あとに残る誰かに挨拶をすることもかなわない。ね、だから、とつぜん、こうしたことが可能になっても、呆然としてしまうんだ。僕は、丸一日ぼうっとしていた。当然のことながら、交替はいつも夜だ。宿営地のある小さな森、といっても生きた木は残っていない。枝が三本以上ある木なんてないんだ。そう、そんな森を離れるときの気分を想像してほしい。二、三時間、熱に浮かされたように眠り、次の朝、帰省して緑のマロニエ並木を目にしたんだ。命あふれる木々、瑞々しい木々。毎日、破壊ばかり見てきた目で、ひさしぶりに命を見た思いがした。

　戦線のあちら側とこちら側、幅一キロにわたって、もはや緑のかけらも見えない。火薬の散らばる灰色の台地、しかも砲弾で穴だらけ。割れて粉々になったレンガ、ぼろぼろの丸太、建材だったとおぼしき瓦礫は、そこに建物があったこと、人がいたことを示している。ヌヴィルで、もう全部見たような気になっていた。だが、そんなのは幻想だったんだ。ヌヴィルは、まだ「戦争」だった。銃声や機関銃の音が聞こえた。だが、ここでは、ひたすら砲弾が降るばかりだ。あとは、兵士が押し合いへしあいしながらこもっている塹壕（ざんごう）、飛び散る肉の破片、血しぶき。大げさだと思うだろう。だが、これでも、控えめに書いているぐらいだ。どうしてこんなことが起こったのだろう、と不思議になってしまう。あまり残酷なことは書くべきではないのかもしれない。でも、人は知るべきだ。この酷（ひど）すぎる事実を知るべきだと思う。一九〇〇年前、キリストが人間の善について説教をしたという。神の善を信じている人たちもいる。だが、神の力ってどんなものだろう。神の力をドイツ軍の三百八十ミリ砲や、フランス軍の二百七十ミリ砲の威力と比較できるんだろうか。ああ、哀れな人間どもよ。我らのために祈りたまえ。

　それでも僕らは持ちこたえている。すごいことだ。だが、想像を絶することに、ドイツ軍はまだ攻撃を続けている。無駄な犠牲を払ってまで、闘うことをやめないなんて、これほどの執拗さは稀に見るものだ。たまたま陣地を手にしたところで、払う犠牲は大きすぎるし、その陣地を守りとおすことなんてできないのに。

もうすぐ会えるといいな。そしたら、ワインで乾杯しようね、父さん。あなたの息子より。

ルネ・ピジャール

カール・フリッツは、ドイツ軍の上等兵。第二軍、第十アルペン猟兵隊所属。

1916・8・16　アルゴンヌにて

両親と妹たちへ

八月二日にサンローランで、警戒警報を耳にした。車両が僕らを迎えにきて、そのまま、ヴェルダンの前線から数キロのところまで連れて行かれた。（中略）

そこで見た光景は、きっと父さんたちにも想像できないだろう。僕らはフルリの出口、スーヴィルの要塞の前にいた。砲弾でできた穴に三日間、這いつくばり、いつ死んでもおかしくない状態、今にも死にそうな状態でいたんだ。その間、水もまったく飲めず、しかも、死体の臭いのなかにいた。砲弾が死体の上に土塊をかけたかと思えば、埋もれていた死体をはじきとばす。穴のなかに逃げ込めば、そこにはすでに死体が転がっている。僕は仲間と一緒だったが、皆、自分のことしか眼中にない。最悪なのは交替の時間だ。来る側と帰る側。しかも、攻撃の合間をぬっての移動だ。続いてドゥオモンの要塞を過ぎる。ここでも、今まで見たことのない光景を目にした。重傷を負った兵士しかいない。四方から死の臭いが漂う。そのうえ、攻撃はずっと続いている。負傷兵や戦死者が四十人ほど。それでも、ひとつの中隊としてはましなほうらしい。皆、青ざめ、顔をゆがめている。あまりに惨くてこれ以上は書けないよ。もういいだろう。僕らは、ウッフェ司令官の下にいる。それなのに、ウッフェを見た者はいない。まあ、神様が助けてくれるさ。その後、スパンクールに向けて出発した。そこで車両に乗り、グランポンに行く。そして、二日後には、シャペルの前の宿営地に戻ってきた。これで、ようやく少しは落ち着くことができる。アウグストにも手紙を書くよ。心からのキスを。そして神のご加護を。

息子であり、兄である　カールより

エティエンヌ・タンティ。一九一四年当時の年齢は、二十歳。父はスペイン語教師であり、ヴェルサイユ、オッシュ高校の図書館司書を兼任していた。エティエンヌは、哲学専攻の学生。開戦の前年、高等師範学校を受験するが、口頭試問で惜しくも不合格になり、徴兵された。徴兵期間を終わらぬうちに、そのまま召集兵となり、第百二十九歩兵隊に配属。一九一五年九月二十五日、ヌヴィル・サン・ヴァストにて負傷。半年の療養期間を経て、再び前線に送られるが、一九一八年三月二十一日、タウルで捕虜となる。一九一八年十二月十五日、収容所から解放され、帰国。一九一九年八月八日に復員。その後、教師として文学とラテン語を教える。

1914・11・2

今、何時かわからない。時刻なんて関係ない。もはや時間の観念がない。ただ暗くなったり、明るくなったりするだけだ。真っ青な空とはいかなくても秋の空は明るく、好天に恵まれる日もある。僕は、背嚢(はいのう)にもたれ、でこぼこした塹壕(ざんごう)の壁に折り曲げた膝を押し付けながら、土と砂利の山の上に広がる空を眺める。座高ぎりぎりの深さしかないので、頭は地面すれすれだ。すぐわきに銃があるが、支えがねをコート掛けのようにして、雑嚢(ざつのう)や水筒がぶらさげてある。水筒には、ビールが少しだけ残っている。雑嚢には、パン、板チョコ、ナイフ、コップ、手ぬぐいが入っている。左側には、静かに煙草を吸う、同僚の大きな背中があり、塹壕の奥はその背中に隠れて見えない。右側にも別の兵士。そいつは、毛布に半分寝転がるようにしてうとうとしている。静寂を乱すものがあるとすれば、ぼんやりと聞こえる会話、カラスの鳴き声、時折フランスの戦線に向け放たれる砲弾の音。僕らは豚のように汚れている。いや、粉屋のように真っ白さ。ここの土は小麦粉みたいだ。肌も、顔も、爪も軍用コートも弾薬も靴も真っ白だ。

エティエンヌ・タンティ

1914・11・20 金曜日

さあ、起床だ。外は凍てついている。夢から覚めて、この寒々とした朝の眺めに、僕は、ようやく我に返り、不機嫌になる。つくづく寂しい。仲間の会話を耳にしただけで、いても立ってもいられなくなる。冬の訪れも、パリの街路、公園やソルボンヌ大学への道ではどんなに魅力的に感じたことか。ああ、なつかしいな、図書館。温かくて、本がたくさんあって。ここでは、人は、身も心もみじめな状態で動物のように死ぬ。ああ、せめて手紙がほしい。ドイツ軍にも寒さにも、もううんざりだ。

昼食を終えた。といっても、軍用食の丸パンが半分だけ（チョコレートはついていたけど）。これから一日が始まるというのに。もう半分食べてしまったし、まだ腹が減っている。朝ぐらい、パンをまるごと一個食べたいものだ。寒いとますますひもじい。空腹を満たすことはできないので、寝るしかない。

眠ること。それが唯一の楽しみだ。それは忘れることだから。眠ること。眠っている間は、食い物のことを考えないですむ。少しはましになる。少なくとも僕はね。眠りながら、夢のなかで飯を食う。

夢に出てくるのは、パン屋や食卓、いろんな食べ物の夢。何でも好きなように食べられる夢。サン・アマンの家にいる夢。夢のなかで、焼き梨やガトー・ド・リ《米を使った菓子》を食べる。休暇にママがつくってくれたようなお菓子。ウジェニーがかまどで焼くパテの香ばしい匂いをかぐ。そう、夢のなかではそれが可能だ。眠ってしまえば、飛ぶように時間がたつ。砲弾も飛び去っていく。砲弾の音を忘れ、そう、砲弾の飛ぶ音も、爆発する音も聞こえなくなれば、そんなもの存在しないと思えるじゃないか。そうだ、そんなもの存在しないのだ。でも、砲弾の音が日に日に耐えがたいものになっていく。もうさんざん砲撃をくらった。クルシーにある砲弾は使い尽くしたんじゃないか？　実感としてそう思う。もうあの砲弾の音は聴きたくない。ドイツ軍はランス、サン・ティエリ、メルフィを爆撃し始めた。眠る。眠れば周囲にあるすべてから逃れることができる。悪夢から逃れるために気を失う。そうすれば、塹壕も砲弾穴も廃墟も対壕（ついごう）も忘れる。銃も弾薬も背嚢もシャベルもツルハシも見なくてすむ。中隊も存在しない（ああ、本当にこの中隊での生活から逃れられたらどんなに安堵することだろう）。眠ることは、夢の世界に行くこと。今は、九時半、見張りの順番がまわってきたばかり。晴れているが、寒いったらありゃしない。それでも、今日は機嫌がいいほうだ。こうして書く時間があるし、もうすぐ手紙が来ることもわかっているから。それに、霜の花が咲いた大地を太陽がぼんやり照らしているから、雨や湿気の心配はない。こうしていると、いつしか、家族や友人のことを考えている。ひとりひとりの顔が浮かぶ。父さんは、大きなスペイン語のノートを持ち、いつもの上っ張りを着て自習室にいる。ふと窓の外を見る父さんの姿。霜が降りたリラの木を見上げるときに、白髪まじりの髪がビロードの襟に当たる様まで目に浮かぶ。母さんは、昼食の材料を買おうと、買い物袋をさげてデプレシス通りを急ぎ足で歩いているけれど、頭のなかでは今朝の夢を反芻（はんすう）している。女学校の杉の木の下には女子高生たちがいて……。でも、目をあげると、目に見えるのはカラスと十字架。空の高いところから、着発弾のひゅるひゅるという音が、休みなく聞こえてくる。戦争の現実が僕に迫ってくる。血なまぐさい記憶が蘇る。モンミライユからランスに行く途中で見た光景だ。深呼吸する。瓦礫と腐った死骸の臭い。モンミラィユのふもとで見た死体、あちこちに積み重ねられた死体の炭を塗ったような真っ黒な顔が目に浮かんできてしまう。僕らはそのすぐ横で、散開隊形で腹這いになっていた。ドイツ軍の銃弾を避けようと走り、自分が何を踏み、何につまずいたのかさえ知らずにいたのだ。砲弾が爆発するたびに、僕はなぜか、荘厳な恐怖を感じていた。砲弾の飛ぶ音に続いて聞こえるかすかな陰鬱な音——わずかながらも弱まりゆく音——のなかに、世界中の父や母、子供たちの泣く声が聞こえるような気がするんだ。カロ《ジャック・カロ一五九二—一六三五、版画家》の版画にあるように、死が内側に入り込み、僕に静かな平穏をもたらし、僕を通じて、死の方向を見て怯えている人たち、苦しげな顔をしている人たちに向かって語りかけている。たった今、かわいそうな人がこの地上で死んだ、彼は誰かの息子であり、兄弟であり、父であるのだと。皆、不幸なのだ。誰かが勝利を喜べば、そこには敗者がおり、季節がめぐって春が来ても、彼らの心にはもう花が咲かない。そして次の冬、人けのない家でどんなに寂しい夜を過ごすのだろう。父のいないクリスマス、息子のいないクリスマスはどんなに悲しいことだろう。不幸は尽きない。その不幸を抱え、暮らしていくこと、子供を育てていくことは大変だろう。ドイツ人だってフランス人だって、それは同じだ。今、このとき、何千もの家庭が不幸の際にあるのだ。神を信じられなくなるときもある。だが、それでも、今、神に祈ってしまうのは、唯一、神だけが、非人間的な残酷さを罰する力を持っているからだ。

1914・11・20　金曜日

塹壕（ざんごう）の夜。街道沿いの第二戦線にいる。ひとりずつに藁（わら）を敷いた居場所が与えられており、比較的整っているので、ここなら眠れそうだ。まあ、そんなところにいる。あまりうまく説明できないけど、何となく想像できるだろう。

毛布を広げ、さあ、寝るぞと横になり、まどろんだところで、突如、目が覚めた。あちこちから銃声が聞こえる。隣に寝ていた奴らも目を覚まし、大急ぎで荷物をまとめ、水筒や雑嚢（ざつのう）を身に着ける。ドイツ軍が攻撃してくる。銃弾の音。呆然とし、不安そうな顔。道路を走り、身を伏せる人影が見える。すぐ横の塹壕を補強しなくてはならない。僕は切れた有刺鉄線で傷だらけになった。他の連中もそうだ。丸めた荷物や、雑嚢が足に当たる（母さん、今、便箋に蜘蛛が！）。皆、そこらの穴に飛び込んだ。心配そうに、穴の奥にしゃがみこむ。「お邪魔虫」の奴が「銃剣用意」と叫ぶ。この「お邪魔虫」ときたら、農夫が麦畑を歩くように、銃弾が飛び交うなかを平然と歩いているんだ（これは褒めている）。攻撃止めの命令が下る。銃撃はおさまってきた。間遠になり、完全に停止する。そっと立ち上がる。深呼吸。元の場所に戻る。足を負傷した者が一名。うちの隊の上等兵だった。工兵士官がやってくる。遠くで何か争う声がする。中尉付きの小隊が、うちの隊に向かって発砲しそうになったらしい（恐ろしいことだ。だが、こうした誤射は珍しくない。巡回中の兵士や見張りの兵士が、命令を待たず、手当たり次第に撃ってくるのだ）。わが軍の七十五ミリ砲が着発弾を撃ち始めた。深呼吸。何とか危機は脱した。食べて、横になり、眠る。

エティエンヌ・タンティ

断章　秋

7・31

僕らの目の前に第一線の塹壕(ざんごう)がある（中略）。銃弾、爆弾、砲弾に加え、ここでは、いつ何時、百メートルの高さまで吹き飛ばされるかわからない。地雷があるのだ。（中略）この間の爆発では、直径五十メートル、深さ二十五メートルの大穴があいた。そこにいた兵士がどうなったかは言うまでもない。

ピエール・リュリエ

1915・10

こんなに汚れたことは人生初めてだと思う。ここの泥は、アルゴンヌの泥みたいに水分が多い泥ではない。粘土質のねばりけのある重たい泥で、なかなかとれやしない。馬用の櫛を使って泥をはがしとっている。（中略）こんなに雨続きだと、塹壕の土壁がゆるみ、砲撃を受けるうちにあちこち崩れ始め、思わぬところから死体が出てきたりする。汚臭こそあれ、そこに死体があることすら忘れていたというのに。骨や頭蓋骨も転がっている。怖がらせるようなことを書いてすまない。だが、現実は、ここに書いた以上のものなのだ。

ジュール・グロジャン

1915・6・24

塹壕でいちばん怖いのは、航空魚雷だ。五十キロものメリニット爆弾が爆発すると、その威力は恐ろしいまでだ。塹壕の真上に落ちると、凄まじい。いちどに十五人から二十人が死ぬ。わが軍の航空魚雷が、ドイツ軍の塹壕に落ちたときは、ドイツ兵のちぎれた足が、第二戦線にいる我々のところまで飛んできた。

ミシェル・ランソン

1915・7

九日の攻撃で八万五千人が死亡し、十五億フラン相当の弾薬が失われたという（将校たちから聞いた）。それだけの損害を出して、我々が手にしたのは、四キロメートル分の陣地だけで、その先には、まだいくつもの塹壕と方形堡が続いている。もし、これ以上戦争を続けようというのなら、このような限定的で費用対効果の薄い攻撃は断念し、去年の冬のようにじっと動かずにいるべきだろう。わが軍と敵軍、どちらの歩兵部隊も疲弊しており、最初に仕掛けたほうが、先に死ぬのは目に見えている。

実際、皆、重機で倒されているのだ。もはや、人と人の戦闘ではなく、人が機械に挑んでいる。中隊が攻撃しようと、弾幕射撃、毒ガス、機銃掃射で対抗されれば、簡単にやられてしまう。そういうわけで、ドイツ軍は少ない人員で、我々を打ち負かそうとしている。フランス軍は、結果を出していない。それが徐々に明らかになっている。塹壕を、ひとつ、ふたつ、みっつとつぶしていっても、その先には、まだいくらでも塹壕があるのだ。

ミシェル・ランソン

1918・8・12

大砲の最初の一撃と同時に、僕は宙に放り出され、土の塊が上から降ってきた。そして、僕は気絶した。だが、すぐに我に返った。僕は重い土に覆われ、生き埋めになっていた。このままじゃ、すぐに窒息してしまう。僕は声をあげた。

「エミール、聞こえるか?」「ああ、エーリッヒ」「エミール!」「大声出すな。ゆっくり呼吸するんだ」「助けて! 助けて!」するとエミールが言った。「それより神に祈れよ」僕は、躊躇(ちゅうちょ)し、疑い、いろいろ考えた。だめだ、今の僕には冗談にしかならない。それよりも、僕は、父や母を思った。ここで僕が死んだら、親は、息子がどこで死んだかすらわからないのだ。砂が口や鼻に少しずつ入り込んできて、徐々に息が苦しくなってくる。空気が足りなくなってきた。もうだめだ。この間、砲弾が雨のように降り注ぐなかで、とても勇敢な仲間が、三人で土を掘りつづけていた。まず、僕の上にいたエミールが助け出された。だが、僕のところまで掘り進むのには、さらに多くの時間が必要だった。何とか息ができるようになると、まだ砲弾がわが軍に新たな犠牲者を生んでいる最中だというのに、僕は思わず幸福感に浸った。誰かが両脇に手を差し入れ、僕を引きずりあげてくれた。こうして、ようやく僕は土の塊から脱したのだ。右の長靴は途中で脱げてしまい、土のなかに残ったままだ。僕は片方だけ裸足だった。

エーリッヒ・シド(ドイツ兵)

1914・9・23

十二年度兵と十三年度兵、百五十人のうち、現在残っているのは、多くて四十人前後だろう。あとの連中は、戦死か、負傷か、捕虜になって消えた。明るい九月の朝日が、マルヌの葡萄畑や丘を照らしている。太陽が朝もやを散らし、教会の鐘塔が姿を現す。庭には、この秋最後の薔薇が、まだ咲いている。ロンサールの詩句《詩人ピエール・ド・ロンサールに「薔薇」という有名な詩がある》を思い出すと胸が苦しくなる。

エティエンヌ・タンティ

冬

hivers

冬は自然と気が沈む季節。陰惨な季節。かじかむ足先。待つだけの季節。凍土の季節。風が肌を切り、ひび割れをつくる季節。配給と空腹、渇き、いいかげんな管理のツケがくる季節。空っぽの家を襲う盗人(ぬすっと)ども。ミサのないクリスマス。星のないクリスマス。清潔な藁(わら)すらないクリスマス。薪も炎も暖炉もないクリスマス。妻にも老親にも子供にも会えない。シラミとノミと寄生虫の季節。病気の季節。血や臓物で汚れた雪。懲罰、休暇の取り消し、上官の嫌がらせ。訓練の日々。泥、北風、氷。非公式の休戦。夜の懇親会。小包、手編みの靴下。フランネルの帯。酒の季節。安ワインや安酒。地下にこもる日々。湿った粘着質の日々。熱や寒気やけいれん、赤痢の流行。ネズミや垢に苦しむ季節。もう何日も服を脱ぐことさえない。埋め損ねた死体。感情的でその場しのぎの戦法。ヴァングレの銃殺。同様の事件はほかにも。娼婦たちは経験豊富な年寄りばかり。挙句の果てに梅毒。愛に飢え、人のぬくもりが恋しい季節。禁じられた愛。閉鎖された教会の薄暗いステンドグラスにも霜の結晶。祈っても神には届かず、誰も聞いていない。

クリスチャン・ボルデヒンク。ドイツ軍中尉。父はブレーメン在住の園芸家。クリスチャンは、建築科の学生だった。三人の姉妹のうち、いちばん仲の良かったハンナによく手紙を書いていた。一九一七年四月二十日、前線で死亡。享年二十四。

1916・2・24、25

ハンナへ

昨日、マーマレードの包みが届き、今日はオレンジと卵を受け取った。とても嬉しかった。今日はそれ以外、何も届かなかったしね。恥ずかしながら、毎日のように何か届かないかと待っているんだ。僕が好きなのは、ビスケットとケーキ、それからチョコレート、マジパン《アーモンドを練り込んだ菓子パン》、ハチミツ、オレンジ、ちょっと酸っぱいキャンディー。

今日はこの手紙に四マルク同封する。父さんたちのところには写真も送ったから見に行ってごらん。

ファールブッシュも、他の連中も元気にしている。そういえば、僕らの食事について質問してきたね。だいたい、ラードのきれはしが入った豆のスープと、甘い米のブイヨンが週に二回ずつ、青いんげんが週に一回、牛肉入りの米のスープも週に一回。鉄なべの蓋を使って、皆で食べる。だから、僕はポケットにいつも匙(さじ)を入れている。使ったあとは紙でさっと拭くだけ。週に一度は、靴を脱いで寝られる。十日に一度、五マルク三十の俸給を受け取り、靴下を替える。ふだんの日は服を着たまま、脚を袋に突っ込み、マントを身体にかけ、その上から麻の毛布を頭からすっぽりかぶって眠る。座るときは箱を椅子がわりにすることもあるけど、何もないことのほうが多い。つまり、地面に藁を敷いて座るんだ。うちの隊では、コーヒーを飲むためにフランス料理の道具が一式そろっているところまで行く。そこはとても広いんだ。汚れたカップで各人がコーヒーを淹れる。誰も汚れを気にしない。もう慣れてしまった。軽くすすいで、飲んで、塹壕のなかの水で洗う。僕の帽子は石炭の箱に入っていたみたいに真っ黒だし、軍服を叩くと雲のように埃が舞い上がる。身体を洗うのは二日に一度。ここの便所を見たら君は笑うだろうな。カバノキの丸太があって、皆、尻をつきあわせてそこに並んで排泄する。道の側から見たら、妙な眺めだろうよ。今週はパンが本当に足りなくて、皆、予備の乾パンまで食べてしまっている。もっと詳しく聞きたかったら、言ってくれよ、また書くから。

僕の字がひどいのには理由がある。地面にじかに座り、太腿に本を載せ、膝の間にインク瓶をはさみ、薄暗いなかで書いている様子を想像してほしい。

さて、おしゃべりはこのくらいにして、休むとしよう。夜の見張り当番は免除されたんだ。明日の十一時半に、また君からの手紙が届くのが楽しみ。

いつもやさしい妹へ。

クリスチャン

追伸　ハインツとグロクリによろしくね。

ロジェ・Ｂ。通信兵伍長。

１９１６・１２・３１　前線にて

先生、おわかりいただけるでしょうか。日々の生活がどんなに退屈なものであるか。電話線を引いて歩くとき、連絡壕の泥が靴底に張り付いてどんなに足が重くなるか。いつまでも続く戦争の三度目の冬がどんなに長く感じられるか。眠ってはいけない夜、もしくは、眠ろうと思っても眠れない夜に、前日と同じ言葉を繰り返していると、仲間と一緒にいても、どんなに孤独を感じることか。どんなに本を渇望していることか。本を送ってくださるようお願いしてもいいでしょうか。先生がお書きになった立派な書物の狭間に、くたびれて黄ばんだ小冊子の二、三冊でもあれば、僕に送っていただけないでしょうか。

もしそうしていただけるなら、僕とここにいる友人たちは、灰色の日々の重荷をいっときだけでも忘れることができるでしょう。どうぞよろしくお願いします。はるか遠く戦地より敬愛の念をこめて。

ロジェ

ピエール・プルトー。ヴェルダンの戦場に到着したとき、彼は二十歳だった。ベリー出身、父は木工職人。父のもとで幼いときから修業を積む一方、学業にも励み、バカロレア《大学入学資格》取得。終戦後は、復員兵を優先的に採用していた鉄道会社に就職。娘は、彼がこの戦争で知り合った戦友の息子と結婚した。

1916・6・10

父さん母さんへ

昨日の朝、小包を受け取った。今の状況だと短い手紙しか返せなくて、ごめん。

四日前から前哨（ぜんしょう）についている。四人用の掩蔽壕（えんぺいごう）に十五人でいる。しかも水浸しで、いつも誰か――

僕である場合が多い——が下痢している。壕から出られないのだから、どんな状況か想像つくだろう。

苦行は一週間前から始まっていて、さらに大雨と食糧不足がそこに重なった。

それでも、今夜で交替になり、一週間は後方で待機となるので、その間に体力を回復できると思う。

今日は同僚二人と昼間の連絡係を担当した。相変わらず外に出られないとはいえ、少しは気持ちが楽になったので、こうして手紙を書いている。

まったく想像つかないだろうね。わかりやすくいうとこうだ。砲弾のせいで入り口が広がってしまった地下室(カーヴ)があって、そこに僕らがいる。横には二つの骸骨。地下室は丈夫で安全だけれど、なかは相当陰惨な状態。もとは納骨堂だったのかもしれない。詳しいことはわからないけれど、敷地の感じからすると、たぶんそうだ。

夜の定位置は、廃墟と化した農場。もはや石材が散在するだけの場所だ。そこでヒナギクを摘んだ。ほらね。

繰り返しになるけど、小包ありがとう。小瓶が特に嬉しかった。

酢漬けの保存食を頼んだ手紙は届いているかな。砂糖もあると助かる。ほかのものも、可能ならば送って。一週間の後方待機が過ぎたら、また前線で一週間の苦行、そのあとまた一週間は待機に入るから、その頃に届くように二、三度何か送ってくれると嬉しい。

もし天気に意志があって、少しでも好天になってくれたら、もう少し楽なのに。この一週間、本当についていなかった。天気は悪いし、上からも水、下からも水、あっちもこっちも泥だらけ。ワインは飲まないと書いたら、心配させたみたいだけど、身体が受け付けないんだ。胃がやられている。足も痛いし、ひとことでいうと満身創痍。あと、疑問がひとつ。この間の小包に入っていた肉は、誰から手に入れたの？　正直に言ってほしい。隠し事は嫌だ。送ってくれた小さな手帳は役に立っている。

とにかく、ありがとう。今日はここまで。シャルルにも書かなくてはならないから。じゃあね。キスを贈ります。

ピエール・プルトー

オクサンス・ギザールは、農家に生まれ、自身も農業従事者。パ・ド・カレ県クレピー出身。一九一四年時点の年齢は十九歳。兄弟のアルフレッド、エティエンヌも召集された。エティエンヌは一九一六年に十九歳で戦死。オクサンスも一九一八年四月、ソンム県モンディディエ付近で戦死。四年間の戦争が終わるまで持ちこたえたのは、アルフレッドだけだった。

1916・11・13

父さん母さんへ

(前略)足の凍傷を理由に送り返される兵士は多い。僕の足は残念ながら、凍傷になっていない。僕も負傷兵になって戦場を去りたいのに。ここ後方でも、ひどい状態が続いている。飛行機が爆弾を落とし、大きな被害が出ている。新聞に書かれているような快進撃なんてありはしない。新聞は、国民を奮い立たせようと嘘を書くペテン師だ。前にも書いたけど、あんな記事、信じちゃいけない。兵士を消耗させるだけの戦争だ。今日はこれだけ。心よりキスを。

オクサンス

1915・9・12

(前略)この殺し合いはさらに数年続くかもしれない。そして、兵士たちはずっと塹壕(ざんごう)のなかに居つづけるのかもしれない。上の奴らは、僕らの動きを監視し、服従させる。奴らはこの戦争に勝ちたがっている。言ったり書いたりするのは容易(たやす)い。新聞記事を書いている奴らは、今、この手紙を書いている僕ほど、苦しんでいない。だって、僕は、リュシー、自分を慰めるため、君の顔を思い浮かべながらこれを書いている。でも、他人になりすまして書くなら、何でも書けるだろう。僕らは勝利する。時間はかかるだろうが、僕らのほうが敵よりも一日長く持ちこたえればいいんだ。勝つためには、相当な数の兵士を送り込み、多くが命を失うことになる。僕は命を差し出してもいい。でも、奴らは後方にいるんだ。車を乗り回している。前にも、奴らは下級兵士に髭を剃らせていた。下級兵士だって、自分たちと同じぐらい運転できるかもしれないのに馬鹿にしているんだ。戦争はぺてんだらけだ。だが、塹壕のなかだけは違う。僕らはあらゆる業種からかき集められた労働者で、上の奴らは安全な後方で爆弾をつくっている。奴らのなかから死者が出れば、新聞やニュースで取り上げられる。まるで、絶滅危惧種のような扱いだ。世論は奴らが動かしている。でも犠牲になるのは、僕らのような下級兵士や、君のような民間人だ。僕らの隊の上官を見ればわかる。何もかも部下にやらせ、シャンパンを飲み、葉巻をふかし、高級煙草を吸う。慰問品や寄付が届いたら、奴らがほしいだけとってしまう。奴らだけが大金を手にし、僕らの俸給はごくわずか。僕らはお人好しだな。要するに馬鹿なんだ。

ジャン・ドロン

着いた。荷ほどきしたら、まずは一杯飲まなくちゃ。高いな、赤ワインが八十サンチームか。でもしょうがない。気温は低いが身体はぽかぽかだ。一リットルは、百センチリットル。百なんて、大した量じゃない。じゃあ、もう一壜。午後三時、ほろ酔いの空気が漂い、サハラの風に吹かれているみたいに喉が渇く。さあ、飲もう。ああ、財布に応えるな。五時、酒場が開く。皆が殺到する。席は貴重だから、誰も立とうとはしない。でも、飲んでいる以上、小便に行きたくなったときだけはいたしかたない。酒場に二時間いた。人いきれで蒸し暑く、汗と垢の臭いがする。酒場の長いテーブルは、三十人ほどの酔っぱらいでいっぱい。百人はいたかもしれない。ほとんどの奴は立ち飲み。背中を向けて座っている客の間に自分の尻をねじこんでくる奴もいる。安ワインの臭いと、男どもの体臭がまじりあう（中略）。

　機敏な女性給仕が悪臭の満ちた薄汚い酒場に花を添える。ほのかな色気。女性の魅力（まあ、美女に限るが）は人を動かす。衛生兵のペレが踊ろうと言いだす。いつもよりデカく見える。淫蕩（いんとう）なメフィストみたいだ。悪魔の舞踏会だな。奴は美声を活かし、マルグリットのために歌う。「俺に幸せをくれよ。マルグリット、君の心をおくれよ」だんだんいい気分になってきたようだ。といっても、でかい荒くれ声のうえに、酔っぱらって夢心地だから、ひどいもんさ。最初は一緒にハミングしていた連中も、だんだん大声になり、最後は、発情期の吠え声みたいになった。ワインと性欲で真っ赤な顔は酒臭い。もうはめをはずしてどんちゃん騒ぎだ。塹壕（ざんごう）から帰ってきた男たちは、つかの間の休暇、生を謳歌（おうか）する。これが最後になるかもしれないから。動物みたいにはしゃぐ。こいつらこそ英雄なんだ。仲間のために飲む。弔いのために飲む。何が何だかわからないまま、極上のときを過ごす。ほとんどの奴は、本来、栄誉を称えられ、尊敬されるにふさわしい、立派な人たちなのだ。それが、今日ははめをはずし、酔っぱらい、はしゃいでいる。誰かが何かやり出すと、皆がすぐについていく。十か月ぶりの休暇なんだ。自慢話が始まる。イチモツを自慢する奴まで出始める。ただ今を楽しむだけ。一緒に歌わない奴もいるが、目は欲望でぎらぎらしている。ジェルボーという女の大きく開いた胸元、ばら色の肌を食い入るように見つめているのだ。いかにも、色っぽい女だが、彼女もずいぶん酔っている。

「ああ、俺を幸せにしてくれよ」

アンリ＝エメ・ゴテ

エミール・ソトゥールはコレーズ県ジュイヤックの出身、第百三十一歩兵隊所属。一九一六年十月十日に前線で死亡。

1916・3・31

両親と妹へ

手紙を書くのがどんどん難しくなっている。自由な時間が本当にないんだ。昼も夜も作業をしているか、銃を構えているかのどちらかだ。まったく休みがない。スープを飲み終え、一息ついたらすぐに作業に戻るか、見張りにつくかだ。一日の睡眠時間はわずか三時間。それも、連続して三時間眠れるとは限らない。一時間眠っては起き、しばらくすると、また二時間だけ寝る、そんな感じだ。仲間も皆、同じようにつらい思いをしている。交替まで六時間、銃眼の前に立ちつづけているときも、まぶたが垂れてくる。人が足りない。確かに、負傷兵や戦死者が戦場を去った分は、人員が補充される。だが、三十人がいなくなったあとに、送られてくるのは二十人だけだ。

軍隊に規律などない。まるで囚人や奴隷のような扱いだ。将校たちに親しみは感じない。最初の頃の彼らではない。若い将校は、出世のことしか考えていない。攻撃で手柄を立てるか、陣地を護ることで手柄を立てるか、それしか考えておらず、どっちにしろ下っ端の兵士が犠牲になる。彼らには計画性がない。それがどんなに困難なことか、どんな重労働を伴うかもわからず、ただ思い付きで作戦を実行させる。僕らは、今、超人的な努力をしている。長くはもたないだろう。体力がもたない。どうせ信じてもらえそうもないことを書きたくないけれど、こんなふうに人間を扱い、家畜みたいに働かせるのは、恥ずべきことだと思う。ちょっとしたミス、手違い、規則違反があれば、中隊長が大佐に言いつけて、一週間の営倉禁固だ。兵隊は従うしかない。休憩があっても、肉とワインは上官だけ。こっちは腹ペコで、パンしか食べられない。家から届く小包が命綱だよ。今の拠点に到着したときだって、上官のせいで兵を失った。三時間も森を歩き、出発地点に戻ろうとした。雪まじりの雨が降っていた。遅れを取り戻すため、僕らは街道から前線に向かった。だが、街道は敵に見つかりやすく、危険も大きい。砲撃があったけれど、死者は出なかった。二度の休憩をはさんで十四キロを進軍した。悪天候のなか、疲れ果てた兵隊には、それだけでもどんなに激務だったことか。

言っておくけど、前線の兵隊は恵まれているとか、国のためになって幸せだとかいう奴がいたら、そいつは信用できない。そんな奴に限って、砲弾が頭上を通り過ぎる音を聞いただけで、尻尾を巻いて逃げ出すんだ。僕らの不幸は日ごとに深まっていく。それでも、最後まで耐えるよ。もうすぐ勝利、もうすぐ帰れる。では、また。

エミール

塹壕視察

二日前、クレマンソーがピオッシュの塹壕にやってきた。第二十九砲兵隊の管区だ。クレマンソーは偉い人なので——国軍評議会か何かの会長だったかな——、皆、敬意をもってお迎えした。砲兵隊の将軍、第二十九隊の大佐があとに続く。クレマンソーは戦線をまわり、葉巻とパイプを配った。それから、兵士の幾人かと今後の見通しについて言葉を交わした。当然のことながら、将軍は、この重大さを察したようだ。クレマンソーが反応をうかがい、じっと観察している前で、将軍は、「いらぬことを言ったらただじゃすまないぞ」と肝に銘じ、作り笑いを浮かべ、もう気が気ではなく、何を聞かれても「はい」としか言えない状態だった。それでも、クレマンソーは巧妙に問いかけ、腹をさぐろうとする。「どうだね、勝利は近いと思うかね」「民間人がどこまで支えてくれるか」「通常の人員だけじゃ無理だろう」「ああ、あまり休めていないようだね。でも、戦争というのはそういうものだ」ただでさえ、上の者の前では、はい、いいえしか言えない軍人に対し、とても反論できそうもない口調で話しかけ、それを楽しんでいるかのようだった。奴は知っているはずだ。本気で誠実な態度を示せば、奴自身の身が危ないということ、そして、僕たちが奴の考えを馬鹿にしていることも。だが、奴らはそんなことどうでもいいんだ。戦場に来る政治家たちは、熱弁をふるい、成功の糸口にしたいだけなのだから。クレマンソーは賢い。メデューサみたいに上官どもを石に変えてみせた。地位の高い人物、しかも狡猾で、葉巻なんか差し出してくる人間に反論できるはずなんてない。しかも、滞在時間は限られているんだからなおさらだ。

クレマンソーは馬鹿じゃない。戦線を訪問したって何の役にも立たないことぐらいわかっている。何か利益があるからこそ、砲兵隊にやってきたんだろう。人気取り？　首相になるため？　どっちにしても、クレマンソーは、自身の政治戦略に都合のいい話を引き出したにちがいない。奴にはそれが可能なのだ。とにかく、奴が本気で「現場の声」を聴きに来たとはとうてい思えない。奴が本当に兵士の本音を知りたがっているなら、いや、実はその点から僕は疑っているのだが、もし、本気でそう思っているのなら、僭越ながら、僕から奴に提案してやりたい。第一線に行く必要はない。ひとりで、地味な身なりで、兵隊たちの休んでいる宿営地に来て、兵隊たちにまざり、身なりや顔つきから、適当に賢そうな奴を選び、信用させる。兵士たちが「黙れ、気をつけろ」と自分に言い聞かせていても、多少の器用さがあれば、二時間ほどで本音を聞き出すことができるだろう。ほらね、奴はそうするべきだったんだ。

話によると、クレマンソーはジェニーの連絡壕で国防軍兵士に会い、「そろそろ耐えきれなくなってきたのではないですか」と尋ねたが、誰も何も答えなかったという。そこで質問の仕方を変えて同じことを聞いたところ、やっと二人ほど、疲れた声でおずおずと「はい」と答えた者が出た。

皆、同じことを考えていたにちがいない。はい、もううんざりです。はい、こんなの馬鹿げているし、あまりにも長く、あまりにもひどいです。だが、「はい」と答える唇は動きを止め、恥ずかしさや不安や要人への気おくれから、つい作り笑いを浮かべてしまうのだ。痛ましい習慣とはいえ、人間、不安を感じると顔の筋肉がそんな表情をつくってしまうものだ。

エメ

ジェルヴェ・モリヨンとその兄弟であるジョルジュは、物静かでやさしく明るい青年だった。両親は、ポワトゥー出身の職工で、ブルイユ・マンゴ《原注：ポワチエ近郊の村で、当時はポワチエ・ラ・ロマーヌという町名だった》の苗木畑で働いていた。兄弟は、戦争前、父と同じように現場で働いていた。当時の若者は皆、そうしていたのだ。ジョルジュは、生きて帰還したが、ジェルヴェは一九一五年五月、二十一歳で戦死している。

1914・12・14　塹壕（ざんごう）にて

父さん、母さんへ

戦場で信じられないことが起こりました。ええ、僕自身、自分の目で見たのでなければ、信じられなかったと思います。戦争が戦争でなくなった。いや、戦闘が停止したのです。おとといのことでした。僕ら第九十中隊がその二日前からたてこもっていた塹壕で、フランスとドイツの兵士が握手を交わしたのです。信じられないでしょう？　残念ながら、僕自身は、握手できなかったのだけれど。

どうしてそんなことになったかって？　十二日の朝、ドイツ軍が白旗をあげて叫びました。「おーい、こっちにこいよ」

こっちを誘うなんて、敵の罠だと思いました。こっちも同じ手を使ったことがあります。当然、誰も誘いに乗ろうとはしません。すると、ドイツ兵は、まったくの丸腰のまま塹壕を出て、将校を先頭にこっちにやってくるのです。こちらも同じように塹壕から出ました。互いの塹壕を訪問しあい、煙草や葉巻を交換しあったのです。百メートル先では、ドイツ軍とフランス軍が攻撃しあっているというのに。こっちも泥だらけなら、向こうも泥だらけでした。ぞっとするほど汚くて、ああ、あいつらもきっともう嫌になっているんだなと思いました。

でも、それはそのときだけです。もうドイツ軍との交流はありません。こうして手紙に書いてしまったけれど、この話は口外しないでください。僕らも、ほかの兵士には話すなと言われています。

皆によろしく。

ジェルヴェ

ギュスターヴ・ベルティエ。シャロン・スゥール・ソーヌ出身の小学校教諭。一九一一年に結婚した妻も小学校教諭だった。フランス領チュニジアのスースに住んでいたが、一九一四年八月に召集され、一九一五年六月七日、ビュリー・レ・ミンヌで戦死。享年二十八。

1914・12・28

妻アリスへ

ブルビの村で、四日間、予備隊として待機している。スケジュールが固定されたので、だいぶ楽になった。塹壕(ざんごう)に四日間、予備隊に四日間。ただし、塹壕での四日間は寒く凍てついていて、実に過酷だ。でも、このところ、ドイツ軍もおとなしい。クリスマスの日、敵軍がこっちに合図してきた。何か話したいことがあるらしい。僕が敵の塹壕から三、四メートルのところまで行き、向こうも三人ほど出てきた。

簡単に話そう。何しろ、もう二百回近く、人に聞かれては話してきたことだから。クリスマスの日だった。この日ばかりは二十四時間、一切の攻撃は行わないでくれと頼まれた。彼らのほうでも、この間、一切の攻撃は行わないという。彼らはもう戦争は嫌だと言っていた。そのドイツ兵は、僕の結婚指輪に目をやり、「俺たちも妻のいる身だ」と言った。「俺たちの敵はフランス軍じゃない。イギリス軍だ」とも言っていた。ドイツ兵は葉巻の箱と、金縁の煙草の箱を差し出した。彼らがドイツの新聞をくれたので、僕は「ル・プチ・パリジャン」紙を差し出した。僕が自軍の塹壕に戻ると、あっという間に煙草の箱は空になった。フランス人よりも頭のいいやり方だ。銃撃はなし。塹壕の片づけや補修をする。サント・マリーの野原で作業しているみたいだった。翌日、もうクリスマスは終わったと気づかせるべく、わが軍の砲兵隊が砲弾を放った。向こうの塹壕に命中した模様。

というわけで、今はブルビにいる。フェローが、すべての小隊の隊長を食事に招いてくれた。ごちそうだったよ。けっこう懐が痛んだんじゃないかな。親切なおばあさんが部屋を提供してくれたので、マーモット《アルプスなどに生息するリス科の小動物》のようにぐっすり眠った。

（中略）皆によろしく。子供たちを僕の分まで可愛がってやってね。君にも熱いキスを。

ギュスターヴ

モーリス・ドランは、一九一四年に二十三歳。フレネ・スゥール・サルト出身、商家の生まれ。ル・マンで学生生活を送っていた。二百六十二歩兵隊に配属。両親を亡くした少女ジョルジェット・クラボーと休暇中に知り合い、一九一六年に婚約。戦地では三度にわたって負傷。モーリスはジョルジェットと結婚したが、二人の生活は長くは続かなかった。モーリスの不安定な気性とボヘミアン的な生活

が原因だった。彼は生涯、文学に傾倒し、文筆で身を立てようと苦しんでいた。

1917・5・17

かわいそうな仔羊へ

寝転んで目を閉じる。まったくぞっとする。死ぬのが怖い。死の影を振り払うのではなく、そこに歓びを見出そうと心がけている。死の姿は真っ向から、しかも絶え間なくやってくるのだから、幻想という目隠しに甘んじるよりも、君の額に、君の思考に赤い十字を記し、覚悟を決めよう。君はおののき、その燃えるように熱い手は、風に揺れる花のように震えていることだろう。昨日、弔鐘の音が響き、君はびっくりして、まるで死体に抱きつくかのように、僕の身体に美しい腕をまわしてきた。ああ、死ぬわけにはいかない。死にたくない。君を苦しめているのは僕なのだ。緑のシェードがついた小さなランプが、見つめあう僕らをうっとりと照らしていたね。僕は乱暴にランプを吹き消す。真っ暗だった。死の床で僕は君の嘆き、君の絶唱を聴くだろう。君は僕を抱きしめ、僕らは高めあい、魂とともに空へと上り詰めていく。どうして僕は君にあんなことを言ったのだろう。なぜ？　どうして？　まだ若い君に、すでに死の味を覚えさせるようなことをしたのだろう。許してくれるだろうか。確かに、僕は死と紙一重の日々を送っている。恐怖で固まった僕の目のなかに、不吉な空が青い野原のように広がるのを何度感じたことだろう。僕が死に、君が喪に服してくれるなら、死んだ僕の魂は風のように、そっと君のそばを通りすぎていくことだろう。神が僕を呼んでいるんだ。だから、あまり泣かないで。少しだけ泣いて、思い出に浸り、また人生を歩み始めればいい。誰かを愛し、愛する喜びを感じ、生きる喜びを見出せばいい。だって、君はまだ若い。二十歳なんだもの。僕のあとからやってきた奴がきっと君に愛を告げるだろう。そいつを愛し、大事にし、運命を受け入れればいい。君には導いてくれる人、守ってくれる人が必要だし、約束を交わし、褒美を受け、家庭を築き、聖なる空間(サンクチュアリ)を築く相手が必要だ。そうさ、生きることは恥ずかしいことじゃない。賛美すべきことなんだよ。

おとといの夜、青インクのような空の下、僕は地上に天の十字架を見た。まるで不吉な墓が散在しているかのようだった。墓と言っても十字架もなく、墓石もない。ただ遺骸が転がっているだけだ。数えきれないほどの死体からはまだうめき声が聞こえてくる。きちんと埋葬されることもなく、蛆虫がうごめき、砲弾が降り注ぐなか、肉体をさらす死者たち。千人ほどの遺体がねじまがり、ぼろぼろになり、荷車に積み上げられては運ばれていく。闇にまぎれて戦線のほうに行ってみた。背中にのしかかる重み。気が遠くなりそうだった。口にも鼻にもあの味、あの臭いが飛び込んでくる。敵兵もフランス兵もひきつった死に顔は同じだ。はぎとられ、暴かれ、まざりあい、風が吹き付けるこの戦場に散らばっている。弔ってくれる親しい者も聖職者もいない。朽ち果てていく死体に敵も味方もない。死体を回収しに行こうとすれば、自分が死体になる。戦争は飽くことなく犠牲を強いる。毎晩、拷問に耐えている。苦しみもだえる亡霊どもが、僕らの唇や鼻をふさごうとするのだ。

ああ、ジョルジェット。君に愛をささやきたいのに、こんな話をしてすまない。今も、酔っぱらい、千鳥足で、我を失い、震え、溺れながら僕は君に腕を伸ばす。君に哀願する。君に懇願する。僕は男だ。だが、ときどき、歯をくいしばっていないと泣きそうになるんだ。

最悪なのは、そのあとの食事だ。真夜中過ぎ、二十四時間ぶりの食事。だが、口のなかには、まださっきの死体の臭いが残っている。真っ暗ななか、それでも、何も見ずにただ食べる。なかなか呑み込めない。寒い。凍りつき、気分のいいものではない。ちょっと眠っただけで、飛び起き、恐怖のなかでの戦闘準備、早鐘、警報。

ああ、あとは明日か、明後日にしよう。ずいぶん怖い話をしてしまった。怯え、涙をためた大きな目を見開き、真っ青な顔で、身を震わせながら話に聞き入る君の顔が目に浮かぶ。今にも泣き出しそうだ。ああ、僕が悪かったよ。

ジョルジェット、君を抱きしめ、唇を重ねて眠るよ。

モーリス

ガブリエル・ベルトは、一九一四年に二十歳。下士官として動員される。オワーズ出身。両親はソンヌ県モレイユで食料品店を営んでいた。ガブリエルは両親に宛てて頻繁に手紙を書いている。当時、ソンヌは戦場となり、彼の両親も店を捨て、避難民となっていた。ガブリエルは一九一七年に婚約。終戦後は、インテリア・デザイナーとなる。

父さん母さんへ

今日、モレイユを経由してパリに着いた。モレイユに行くつもりで三日間の休暇をとったのだが、パリで二日間過ごすことにした。モレイユに行くには行ったのだが、もう誰もいなかった。二十一日の午後七時にモレイユにつき、呆然とした。ただ石材がごろごろしているだけだった。ところに垂木の木材や板がある。それでも、まだそこに家があったとわかるだけましなほうだ。残念なことに、広場も完全になくなっていた。うちの家も、あとかたもなく消えていた。レンガの残骸のなかに、店裏の住居部分の鉄骨の柱が五、六本突き出ているだけだ。

もとの間取りを思い浮かべるのに、少なくとも五分はかかった。溶けたポンプが、辛うじて目印になった。家は焼けてしまったんだ。本当に何もかもなくなり、紙一枚残っていない。なかはすべて燃え尽き、レンガの壁も砲弾を受け、トランプみたいに崩れ落ちた。これが最初に僕の目にしたもの、悲しい光景だ。それから、水を飲もうと探した。でも、井戸もポンプも打ち砕かれ、詰まっていて役に立たない。ちょっと食べるものを見つけるのにもさんざん苦労した。そもそも人がいない。少なくとも民間人はいない。誰かが来ても、皆、すぐに立ち去っていく。僕は、城館の塔のすぐ下の地下倉庫で一夜を明かした。いや、城館といっても穴だらけ、もはや残骸でしかない。しかも、ドイツ軍の飛行機が絶えずやってくるんだ。なぜ、この村の空を飛ぶのか、僕も説明できない。

翌朝九時にはここを去らなければならなかったので、早朝五時からシャベルとツルハシを使って作業に取り掛かった。食堂とおぼしき場所の瓦礫を六十センチほど掘ったところで、タイルにぶちあたった。黒い粉。悲しいことに、すべては灰になっていた。暖房とその配管、ミシンの鉄製部分だけが残っていた。パパの作業台の足の部分や、万力、店で使っていたコーヒーミル、レードル掛け、スキマーもあった。でも、暖炉の灰のなかから拾いあげたみたいに、どれも焼け焦げていた。窓ガラスの破片とおぼしき、ガラス屑もあった。膨張し、ねじまがり真っ黒になったガラスだ。ふと、地下室は無事かもしれないと思い直した。でも、地下に降りる階段はふさがっていた。残っていた壁も今にも崩れそうだったので、注意深く瓦礫をどけ、何とか地下室の扉を開けてみた。なかは、もうひどいありさまだった。

ガブリエル

ジャン・ブランシャールは、他の二十四人の兵士とともに敵前逃亡の罪で軍法会議にかけられた。

不当な判決を受け、ブランシャールを含む六人の兵士が、一九一四年十二月四日、ヴァングレで銃殺された。当時は三十四歳。この手紙は銃殺刑の前夜、妻のミシェルに宛てて書かれたもの。その後、一九二一年一月二十九日に名誉回復がなされた。彼ら六人は「ヴァングレの殉死兵」と呼ばれている。

1914・12・3 PM11:30

愛する妻へ

悲嘆に暮れながら君にこの手紙を書いている。神様、マリア様が助けてくれない限り、これが最後の手紙になるだろう。あまりにも悲しく苦しい状態にあるので、君に言うべきことをちゃんと書くことができるかどうかわからない。君がこの手紙を読み、どんなに悲しむかは想像がつく。愛する人よ、僕のせいで君を苦しませることになり、本当にすまない。信仰の支えがなかったら、今頃、僕は完全に絶望の淵に沈んでいたことだろう。僕は今、この世で最悪の状況にある。神様が奇跡を起こして助けてくれない限り、僕はもう長くは生きられないのだ。簡単に状況を説明しておこう。ああ、でも、できるだろうか。自信がない。十一月二十七日の夜、僕らは敵を目の前にして塹壕(ざんごう)にいた。するとそこへドイツ軍が奇襲をかけてきて、僕らはパニックに陥った。そこで、とりあえず、後方の塹壕に逃げ、しばらくしてから元の配置に戻った。結果として、同じ中隊の十人前後がドイツ軍の捕虜となった。そのため、うちの中隊、二十四名は、今晩、軍法会議にかけられた。そして、僕を含む六人が、責任をとらされることになった。これ以上は説明できない。つらすぎる。友人のダルレが君に説明してくれると思う。僕は取り乱したりしない。これが神の意志なら、その決定に身を委ねるつもりだ。そう考えて、君に手紙を書くだけの気力を何とか維持している。愛するひとよ。君と暮らした日々、本当に幸せだった。あの日々に戻りたいとどれだけ願ったことか。十二月一日の朝、上層部は僕たちを起訴したのだ。あの晩の行動が追及の対象となっていること、そして有罪が確実なことを知り、僕は何時間も泣いた。その日は君に手紙を書くことができなかった。その翌日も葉書一枚書くのがやっとだった。今朝、お咎めなしになるのではという話を聞き、僕は元気を取り戻し、いつものように手紙を書いたが、今、この苦しみを君に伝える言葉が出てこない。どんな状況でも今の僕よりはましなように思える。でも、十字架にかけられたイエスのように、僕はこの苦しみを味わい尽くしてやろうと思う。さようなら、ミシェル。神様は、この地上で僕たち二人を引き裂くけれど、天国ではきっと二人をまた一緒にしてくれる。だから、天国でまた会おう。たぶん、司祭が来てくれるはずだから、正直に懺悔するつもりだ。僕は別にかまわない。君や、親たちや家族には、不名誉なことになるけれど、君との愛に誓って宣言する。僕は、罪になるようなことはしていない。僕の同僚たちも同じだ。僕は落ち着いた気持ちで神の前に立ち、僕のこの苦しみと受難を神に捧げ、神の手にゆだねる。恩赦が降りるかもしれないという希望はまだある。可能性は少ないけれどね。でも、マリア様はやさしく力もおありだから、僕はまだ祈っているし、すっかり絶望しているわけではない。

フルヴィエールのノートルダム教会《リヨン市、フルヴィエールの丘に建つ教会》で、いつか二人で巡礼の旅に出ようと約束したね。この教会で聖体拝受を受けようと、教会修復のために五フラン寄付するはずだったね。ルルドのノートルダムにも君と一緒にお祈りしに行くことになっていた。もし僕が君のもとに戻ることができたら、この先、二人でキリスト教信者として正しい道を歩むことができるよう、お祈りするはずだった。神様は僕らを見捨てるはずがない。たとえこの世で願いを聞き入れてくれなくても、別のところで、きっとかなえてくれると思いたい。僕のせいで君を苦しめてすまない。この世でいちばん愛しい人よ。君のもとに無事に帰り、ともに神の道を歩み、君を幸せにしてあげたかった。気をしっかりもって。信仰を捨てないで。できるだけ頻繁に聖体拝受を受けて。それがいちばんの慰めになるはずだから。この試練に耐えるための力を得ることができるはずだから。そう、信仰がなければ今頃僕はどんなに絶望していただろう。信仰が僕に力をくれるから、この手紙を書くことができたんだ。僕を信仰に導いてくれた両親に祝福がありますように。ああ、父さんも母さんもかわいそうに。このことを知ったら、どんなに悲しむことだろう。ミシェル、父さんたちのことを頼んだよ。悲しみに沈む親たちを慰め、最後まで支えてやってほしい。君に頼んだよ。僕はこんな不名誉な罰に値する人間ではないと、彼らに伝えて。皆、天国で再会しようと伝えて。父さんたちの寂しい老後を君が支えてやってほしい。神様が君を助けてくれる。君の両親にも詫びておいてほしい。僕のせいで苦しませてしまうから。僕は君の両親のことも大好きだったと、お祈りのときには、僕のことも忘れないでほしいと伝えて。あなたたちの義理の息子になれて嬉しかった、少しでも役に立て、お世話ができて嬉しかったと伝えて。でも、神様はそう思わなかったのか、僕にこんな運命を与えた。僕が選んだわけじゃない。僕の兄、家族にも面倒かけてすまないと謝っておいてくれ。僕は粛々と運命を受け入れたと、こんなひどい刑罰に値する人間ではないと。お祈りのときには、僕のことも忘れないでほしいと。ああ、愛する君にもういちど言っておく。僕は皆と同じように行動しただけだ。良心に照らし合わせても、こんな刑罰に値する行為をしたつもりはまったくない。僕のもっているものはすべて君に譲る。それが遺言だ。誰も文句はいわないだろう。君を信じている。きっと君は僕の両親にもやさしくしてくれるはずだし、世話をしてくれるだろう。僕ができなかったことを僕のかわりにしてくれるだろう。ああ、そうあってほしい。頼んだよ。君は同意してくれるね。そう信じている。常に、良き信者でいてください。お祈りを忘れずに。そこにこそ、君はこの世の慰めと幸福を見出すはずだから。子供は授からなかったね。君は生涯僕を愛すると、僕だけを愛すると約束してくれた。でも、その約束は返上する。君はまだ若い。新たな家族をもつといい。自分にふさわしい人、良き信者である人を見つけたら、再婚するといい。僕への約束は守らなくていい。でも、僕との思い出だけは忘れないで。お祈りのときは僕を思い出して。できれば、僕のために読誦を頼む。僕のために祈って。神様が僕を憐れんでくださるように、マリア様が僕を守ってくださるように祈って。僕は、君がくれたスカプリオ《修道服の上に掛ける長い布》を身に着け、カルメル山のノートルダムに助けを求めている。天国でまた会おう。神様がきっと二人を天国で結びつけてくれる。

愛する妻よ、天国でまた。

ジャン

アンリ・フロシュ上等兵は、ブルトゥイユの治安裁判所書記をしていた。彼も「ヴァングレの殉死者」のひとりである。

愛するリュシーへ
この手紙が届く頃、僕は銃殺されている。

理由はこうだ。

十一月二十七日の夕方五時頃、最前線の塹壕（ざんごう）では、二時間にわたる砲撃が終わり、夕食をとっているところだった。とつぜん、ドイツ兵が塹壕に攻め込んできて、僕は同僚二人と一緒に捕えられてしまった。それでも、僕は乱闘に乗じてドイツ兵の手を逃れた。僕は他のフランス兵についていった。でも、それが原因で敵前逃亡の罪に問われることになった。

軍法会議は、昨夜、一晩中続いた。六人に死刑が言い渡された。そのうちのひとりが僕だ。僕は別に悪いことをしたわけじゃない。でも、見せしめが必要なんだ。僕の財布が形見の品として君に届くはずだ。財布の中身も一緒にね。

大急ぎで君に別れの言葉を書いている。涙がこみあげ、胸が苦しい。君の前に跪いて謝りたい。悲しませて申し訳ない。面倒かけてすまない。

リュシー、もういちど言う。ごめん、ごめんね。

これから死を前に告悔をすることになっている。天国でまた会おう。

僕は敵前逃亡の罪で無実のまま死んでゆく。ドイツ兵から逃れようとせず、捕虜になっていれば、もっと長生きできたのかもしれない。でも、これが運命なんだ。

最後の最後まで君を想う。

アンリ・フロシュ

レオナール・レイマリ。ヴァングレで銃殺された一兵士。

私、レオナール・レイマリ、二等兵、コレーズ県セヤック出身は、自傷行為により、軍法会議に

て、死刑判決を受けましたが、ムジツであることをここに宣言いたします。怪我しました。敵の機関銃を受けたか、上官の言うように自分の銃かわからないけれど、とにかくアクシデントです。わざとじゃありません。本当にムジツです。たしかにムジツです。やるべきことをしたし、愛と忠実で国に尽くしました。自分の義務をしました。神様のまえで、ムジツだとちかえます。

レオナール・レイマリ

《無実 innoçant と書こうとしたのだろうが、原文は innocan となっている。文章も全体にぎこちない》

マルセル・ガリーグはロ・エ・ガロンヌ県トナンス出身の電気技師。一九一四年に三十一歳だった。戦場で過ごした十七か月の間、いちども両親と会っていない。休暇届を出しても、毎回、直前に取り消されてきたのだ。一九一五年十二月十二日、食事の配膳中に流れ弾に当たって戦死。ポケットには、五フラン札三枚、一フラン硬貨が三枚、パイプ、ペンケースと財布が入っていた。財布のなかには、メダルとアルミニウムの指輪、妻からの手紙があった。彼はその二日後、初めての休暇をとり、トネンの駅で妻と四人の子供に再会することになっていた。駅のホームで彼の帰りを待っていた妻は、同じく休暇で帰ってきた彼の戦友から夫の死を知らされたという。その二十五年後、息子のアルフレッ

ドは政治的なビラを配っていたため、ゲシュタポに通報され、収容所で亡くなっている。

1915・7・31　土曜日

昨日は手紙を書こうと思ったけれど、疲れ果てて、頭が働かない状態だったので、ついに書くことができなかった。戦地で体験したことを手短に報告しよう。おとといの夜、ビュリーにいた。翌朝は二時起きと言われていた。ジョフル将軍との会見があるので、できるだけ身ぎれいにしておけとも。ああ、あらかじめわかっていたら仮病でも使ったのに。仮病がばれると一週間の禁固刑だが、殺人の現場に立ち会うよりはましだ。「処罰が下される」とは漠然と聞かされていた。だが、まさかそれが処刑だとは思わなかった。朝三時に宿営地を発ち、公園についた。長方形に列を組まされ、目の前に丸太があるのを見て、ようやく何が起こるのか察したが、すでに遅い。処刑されるかわいそうな男は、ロレッタの戦場で攻撃を受けたときに、塹壕（ざんごう）から飛び出し、持ち場に戻ろうとしなかった奴だ。朝四時、二台の車が到着した。一台目には、処刑される兵士が乗せられていて、もう一台には上官が乗っていた。上官は死刑判決を読み上げ、処刑に立ち会うためにやってきたのだ。かわいそうな兵士は、両脇から憲兵に抱えられ、丸太柱に目をやった。憲兵は、少し離れたところまで彼を連れて行き、目隠しをした。その後、罪状が読み上げられ、男は丸太柱の前に連れて行かれた。跪（ひざまず）けと言われ、男は何の抵抗もせず、抗議のつぶやきも口にせず、命令に従った。その間、つらい役目を担った十二人の兵士は、処刑の指揮をとる曹長があらかじめ計測し、指示したとおりに、丸太柱から六歩離れたところに立つ。男は後ろ手に丸太柱に縛り付けられた。僕らは「捧げ銃」の体勢を命じられ、「撃て」の命令が下されるのを聞いた。男は崩れ落ち、軍曹が頭にリボルバーの銃口を押し付け、とどめを刺した。軍医が死亡を確認する。顔をもちあげられたときに、ちらりと見えた男の顔はどこか遠くを見ようとしているかのようだったが、すでにこときれていた。こうして殺人は終わった。僕らはその後、男の横を行進して通り過ぎた。ついさっきまで生きていた男が勇敢に死んでいった。皆、兵士は勇敢だと言う。でも、毎日、ほとんどすべての師団で、軍法会議にかけられる兵士が二十人ほどいることは知られてない。もちろん、軍法会議にかけられた兵士が皆、死刑になるわけではない。「兵士は食料も足りている。ありあまるほどだ」と言う人もいる。とても食べられるものじゃないんだから、余るのは当然だ。食事を抜くことなんてしょっちゅうだし、ついこの間も、犬も食わないようなまずいスープが出て、こんなのいらないと言ったら、ひどい目にあった。幸い、君たちの送ってくれる差し入れがあるから、何とか生きていける。

君を千回抱きしめたい。子供たち、家族みんなによろしく。ご近所さんや、友人たちにもね。

マルセル

ミシェル・トピアック。一九一四年に二十九歳。父は、タルン・エ・ガロンヌの農業技師。ミシェルは、友人のジュスタン・ケイロによく手紙を書いていた。ジュスタン・ケイロは、片目を失明していたため、兵役免除となっていたのだ。だが、その彼も人員不足により、一九一五年末になって動員されている。ミシェル・トピアックは、復員後、ガロンヌ川の漁師になった。副業として、薬草販売や治療師もしていたようである。

1915・2・14　日曜日

ジュスタンへ

十一月にここに到着したときは、見渡す限りの畑がとても見事な眺めだった。ビート畑が広がり、豊かな農場があったり、積み藁(わら)があったりしていたのだ。しかし、今やここは死の国だ。畑は踏み荒らされて無残な状態だし、農場は燃やされたり、廃墟と化していたりで、見る影もない。かわりに生(は)えてきたものがある。十字架を刺した小山や、空き瓶に死者の名を入れた紙を入れさかさまに挿(さ)してあるだけの墓。僕も、敵の榴散弾(りゅうさんだん)や機銃掃射のなか、塹壕(ざんごう)や溝を駆け抜けている最中に、何度か、あわやというときがあった。夜、墓のような穴のなかでずっと身を伏せていたこともある。その後、別の宿営地に移動した。今は、また斜堤(しゃてい)の裏に、自分で掘った穴のなかにいる。移動のときは、毛布を腰からぶらさげ、反対側にヘルメットを結びつけて進む。先日は、(アフリカ懲治隊(ちょうじ)《刑罰を受けた兵士によって構成されるフランス軍アフリカ駐留部隊》の）塹壕にも行ったが、あんなおぞましい光景は今までに見たことがない。塹壕の底に死体を並べ、土をかけて埋めたうえで作業しているのだが、雨が降ると土がめくれ、そこここから黒く膨れた手や足が突き出してくるのだ。軍靴が二足、塹壕の壁から、コート掛けみたいに、にゅっと出てきたこともあった。しかも、奴らはそこに雑嚢をかけていた。ドイツ兵の死体をコート掛けにしていたんだ（よくあることさ）。僕は本当に見たことしか書かない。誰かに聞かされただけだったら、僕もきっと信じなかったと思う。（中略）そっちの話も聞かせてくれよ。今日はこれまで。友に熱い拳を。

第五十八師団四十八中隊六十八班　伍長　　トピアック

断章　冬

１９１５

床に寝たり、藁（わら）を敷いただけ（といっても、藁が見つかればの話だ）で寝たりするのにすっかり慣れてしまって、もはやベッドでは眠れないかもしれない。もう二か月も服を脱いだことすらない。今夜は眠るために靴を脱いだけれど、この靴も二週間近く履きっぱなしだった。

塹壕（ざんごう）のなかでどんなふうに夜を過ごすのか、教えてあげよう。僕らのいる塹壕は（中略）百メートルほどの長さがあり、森のはずれから三メートルほどなかに入ったところにある。深さは一メートルほどだが、掘り出した土を塹壕の前に積み上げてあるので、立ったまま歩いても、敵からは見えない。足元の幅は十五センチ程度《原文ママ》だが、要所要所にすれ違えるよう広くした部分がある。塹壕の奥には、ひとひとりが寝転がれる程度の地下壕が掘ってあり、砲弾が来たときはここに避難する。

アドルフ・ヴェジェル

1917・12・5

検閲はひどいもんだ。何人かの兵士が「しゃべりすぎ」てはならぬと注意を受け、手紙を受け取ることまで禁じられてしまった。きっと手紙は処分されてしまったのだろう。そういう兵士は、たいてい両親のほうも、「しゃべりすぎる」性質のようだからね。彼らなりの抵抗だったのかもしれないが、仕方あるまい。手紙は貴重なものだけど、受けとれなくちゃ何にもならない。だから、君も気を付けて。僕が君の手紙を全部受け取れるように、手紙に戦争のことは書かないで。そんなことより愛の言葉を綴っておくれよ。恋文がいちばん嬉しい。君にキスを。

アンリ・ブヴァール

1914・11・28

ヴィルジニー

小包が届いたときの嬉しさ、君には想像できないほどだよ。皆、子供みたいにはしゃいでいる。ちょっとしたことで一喜一憂さ。一家の長である者たちは、目をこらし、耳をそばだてて、手紙や小包の到着を待ちわびているんだ。自分宛てのものはないとわかったときの消沈ぶりときたら。手紙が来たときは、本当に嬉しそうに微笑み、すぐに封を切って食い入るように読み始める。片方の手で便箋をもち、もう片方の手で目の端に浮かんでくる涙をぬぐうんだ。

君の友より

1916・5・26

あの男の死に方については、もう不運としかいいようがない。砲弾が僕らのいる場所から百メートルほど離れたところに落ち、トウモロコシの種ぐらいの小さな破片が彼の額に飛んできた。額から血が噴きだし、何とか止血しようとしたが止まらない。そいつはやっとのことで「血を止めてくれ。ああ、妻に僕が重傷だと知らせて」と言ったのだが、言い終えるのと、息を引き取るのが同時だった。

ジョゼフ・ジル

春

printemps

春、草芽吹くなかの死。めぐりゆく季節と滞る戦況。寒の戻り。接ぎ穂は失敗。春だというのに、命は戻らない。樹液は枝先まで届かない。憂鬱な春。失望の春。孤独と不安の春。家族のいない春。不毛な春。倒された木々。命のない丸太。草のない草原、新芽のない若葉の季節、花の咲かない花畑。毒に汚染された球根。総力戦。恋なき恋の季節。狂気の光景。死んだ星。意味のない惨たらしいだけの戦闘。やけっぱちの暴動。喉を詰まらせたみたいに水の出なくなった泉。水浸しの墓。毒ガス。本能のままに食いつくし皆殺しにする獣たち。錆びついた水門。不精髭の若者は命絶え、緑の草の下で腐っていく。軍の墓地には、地平線の限り、永遠に続くかのような十字架の列。まるで、子供たちが遊びで作った墓のようにさえ見える。いや、だが、もはや学校に子供の姿はない。危険な記憶。休暇は取り消し。会えない子供。手紙が途絶える。婚約解消。嫉妬。寂しい女たちの裏切り。

エティエンヌ・タンティ

1914・12・2　水曜日

うんざりするものには二種類ある。あえていうなら、絶対的なものと、相対的なもの。絶対的な苦痛。過去を思い出したり、過去と比べたりすることではなく、今の状態がつらい場合。特に肉体的な苦痛。たとえば、冷めた食事、量も足りないし、野菜も、ちょっとした甘い物すらない。飲み物への不満（コーヒー）。水も足りない（近くに川はないし、塹壕を出て水を汲みに行くのは危険が伴う）。同じ姿勢で長時間いること。ちゃんと眠れないこと（昼に寝て、夜に見張りだとか、装具をつけたまま不自然な恰好で寝なくてはならないなど）。

熱も火もなく寒いこと。

石炭が足りないので、水を沸かすこともままならず、機械もうまく動かない。

これればかりは自分の意志でどうにかなるものではない。

以上のような肉体的な条件が心理にも影響し、五感にも作用する。物悲しい季節。灰色の空。緑のない大地（人間の目は、色や光を求めるものだ。特に、太陽光はおろか、人工の明かりすらないのはつらい）。聴覚についても同じだ。騒音と嫌な音しか聞こえない（着発弾のあの音！）。嗅覚については話すのもいやだ。触覚も同様。こうした心理的なものは別にしても、栄養が足りないとか、生きている意味が感じられないとか、生理学的な困難だけでも、充分、不機嫌な理由は説明がつく。心理的な苦痛も、結局はそこから来るのだ。身体がつらいと、心もつらくなる。自然と気が沈む。荒れた環境にいれば、心がすさんでくる。誰だってそうだろう。

人間関係の影響もあるが、まあ、このぐらいにしておこう。人間というのは、決して善良な生き物じゃない。それが今や！　不幸なことに、一日中無礼者に取り囲まれて過ごし、孤独を感じ、話し相手もいない。こうした無礼者の集団になじめない者の宿命さ。僕はひとり象牙の塔にこもる。そうこうして生理的、精神的、社会的条件が三拍子そろい、僕は不機嫌になるのだ。

肉体的な疲労により努力する気もなくし、物思いにふければ悲しいこと、嫌なことばかりが浮かぶ。存在すること自体が虚しくなる。つい、過去と今を比べてしまう。すると気が沈み、絶望し、気力も希望も失ってしまう。自分も他人も信じられず、落ち込み、無感動になる。生きる意欲がなくなる。何も感じなくなる。

別のタイプの苦しみもある。むしろ、生存意欲がだけが先鋭化する場合だ。興奮状態になる。これもある種の反動だろう。苦痛と怒りは結びついている。単に愚鈍化するだけではなく、熱に浮かされているような感じだ。脳がマヒしたり、凍結したりするわけじゃない。息を吹きかけられた炎が消えまいと抵抗しているような感じだ。

たとえば、ここ数日のことだ。そう、たとえば君の手紙。読んでいると、君と話しているような気がする。「普通の生活」に戻ったような気がしてくる。それは喜びであるし、願望でもある。「普通の生活」をまざまざと思い描き、喜びに浸る。いつしか、想像が現実にすりかわる。イグサを刈りに行ったあの朝の爽快な気分を思い出す。塹壕で恐ろしい二晩を過ごした翌朝、霜が太陽の光にきらきらと光り、小川のわきにはクレソンが生い茂り、僕は幸福な気分を取り戻した。思い出すことで、辛くなる日もあるが、この日、思い出は僕の心を落ち着かせ、幸せにしてくれた。戦場にいることを一時、忘れていた。だが、宿営地に戻った途端、太陽は消え去る。濡れた足が気持ち悪い。中隊の連中になじめず、僕はまた不機嫌になる。

先日、マルセルから葉書が来たときもそうだった。手紙を受け取るのは嬉しいし、オビュッソンの丘や城跡、ラ・ロシェットの街道の写真を眺めることでほっとした。だが、そのあとの落差。自分のなかでは何も変わっていないと思うし、いつもの自分だと思う。いや、ある意味で、以前より向上している。身体は鍛えられたし、ちょっとしたことに歓びを見出せるようになった。何かあればすべてが終わると思うと辛かった時期もあるが、今は落ち着きを取り戻した。

ここまで書いてちょっと中断していた。君の二十七日付の手紙と二十八日付の手紙を読んだ。ああ、まったく、嫌になるな。金は必要ない。ベリー・オウ・バック《エーヌ県》が今、どんな状況にあるかは知らないが、ここでは金があっても商品がない。たまに手に入るのは、酒（ベルギーで失態を演じて以来、禁酒している）、チョコレート、煙草、マッチぐらいものだ。それについては、またあとで書くよ。前に葉書で靴下と、書きものをするためのろうそく（マルセルが送ってくれると言っていたので頼んだ）、銃の錆をとる紙ヤスリと靴ひも（ヴェルサイユで買った靴がまだある）を頼んだよね。そういうものを送ってほしい。ああ、手紙の続きがまだあるんだ。

最後に飲んだカシス酒の話はまだだったね。これがまた、不機嫌のもとなんだ。夜、塹壕のなかでカシス酒を飲み終えた。いい気分になってね。トゥーレの王《ゲーテ『ファウスト』の登場人物》にあるだろう。「飲むたびに、その目は涙でいっぱいになるのでした」ってあんな感じさ。

真夜中だった。夜はやさしい。月の明かりが美しい。カシス酒のせいで思い出に浸り、つい、煙草を吸ってしまった（ああ、煙草もやめているので、送るのはやめてくれ）。

だが、夢から覚めたあとの落差。

それでも、ときは過ぎる。ほら、スープの時間だ。手紙はここでやめて、背嚢（はいのう）を担ごう。手紙を書き始めるといつもこうなんだ。いつまでも書きつづけられるような気がするけど、本当に書きたいと思っていることは書けなくて。ごめん。ああ、また不機嫌になってきた。

さて、荷物をまとめて、君の手紙を読み返そう。できれば、すぐにまた手紙を書くつもりだが……歩哨（ほしょう）につかなきゃならないし、日暮れは早いし、上官に報告すべきことがあったり、この先二日間の塹壕戦が控えていて……。

じゃあ、また。

エティエンヌ・タンティ

ガストン・ビロンは、一九一四年当時、二十九歳。二年の間、彼は戦地から母ジョゼフィーヌに手紙を書きつづけていた。彼は休暇を心待ちにしていたが、なかなかかなわない。やがて、ついに故郷に帰ることができたのだが、待っていたのは、失望だった。休暇により帰省した兵士たちは、市民との間に溝を感じ始めていた。ガストンには六人の姉妹がいた。彼女たちは、夏の終わりに訃報（ふほう）を受け取る。ガストンは一九一六年九月八日に負傷、その怪我が原因で同月十一日、シャルトルの病院で死去。

１９１６・３・２５　土曜日　ヴェルダンの戦闘を終えて

母さんへ

（中略）まるで奇跡のような運のよさで、僕は地獄を脱することができた。まだ自分が生きていることを何度も確認してしまったほどだ。千二百人で出発して、戻ったのは三百人。なぜ、僕がこの三百人に入ることができたのか、自分でもわからない。死んでもおかしくない瞬間が百回はあったし、ここ一週間、ほぼ毎分のようにもうだめだと思った。命がけの戦闘を終え、皆、興奮していた。まさか、あのような激戦から生きて帰れるとは思ってもいなかった。母さん、僕らはかなりの損傷を負ったし、誰も信じてくれそうもないほど、激しく、苦しい戦闘だった。いつ死ぬかわからないという精神的な苦しさに加え、まったく眠らずにいる肉体的なつらさもあった。一週間、ほとんど水もなく、食べ物もない。死体の山のなかで過ごし、横になるのも死体の隣。歩くときだって、前日に死んだ兵士の上を歩いていかなくてはならない。この苦しい戦闘のなか、お母さんたちのことを考えた。もう会えないかもしれないと考えるのがどれほどつらかったか。戦地に来てからずいぶん年をとった。兵士は皆、常に恐怖にさらされているので白髪が増える。僕もそのひとりだ。隊のなかから笑い声や明るい雰囲気がなくなってしまった。三月五日から十二日にかけてヴェルダンで多くの仲間が亡くなったので、皆、葬式みたいな気分なんだ。助かった僕は喜んでいいんだろうか。どうせいつかは死ぬのなら、さっさと死んじまったほうがよかったのかも。

母さん、祈ってくれてありがとう。誰かが祈っていてくれることが必要なんだ。僕自身、砲弾がそばに落ちたりすると、子供の頃に習ったお祈りを唱えている。これほど切実な祈りがほかにあるだろうか（後略）。

大好きな母さんへキスを送ります。

ガストン

１９１６・４・１８　火曜日

母さんへ

手紙ありがとう。数日前に届いた。（中略）相変わらず、後方にいる。シャロンの宿営地で、大隊の再編成中。確かに休養は必要だ。ヴェルダンでの二週間は、塹壕（ざんごう）で過ごした六か月よりも心身ともに過酷なものだった。（妻の）ブランシュに託した写真、母さんが喜んでくれてよかった。でも、これが最後になるかもしれない。正直に言うね。いつも危険にさらされているので、手紙を書くたびにこれが最後の手紙になるかもしれないと思っている。実際に、そうなってしまった兵士がたくさんいる。つまり、今まで僕、そして僕たち家族は、運がよかっただけなんだ。この地獄のような戦場から無傷で帰ってくるのが難しいことはよくわかっているし、母さんも知っての通り、どこの家でもひとりや二人、戦死者を出している。うちの家族も例外ではいられないだろう。母さんもたぶん、わかっていると思うけど、僕にはもうずいぶん前から覚悟ができている。怖がることなく、ただ順番がまわってくるのを待っているだけだ。神様にお願いすることがあるとしたら、ひとつだけ。きちんととどめを刺してほしいということだ。不自由な身体で生き残るより、一息に殺してほしい。毎日のように重傷を負い、何日も苦しんだ挙句に死んでいく仲間を見ているとそう思うんだ。平時の兵役義務を含め、人生の最良の時期を五年間、国のために捧げ、三十歳そこそこで早逝するのはつらいだろう。でもね、母さん、死は人を選ばない。戦場のまっただなかにあって、まわりは火の海で、僕と同様、何も悪いことなどしていない人たちが次々と死んでいくんだ。

それに僕には子供がいない。僕がいなくなっても困る人はいない。ブランシュはまだ若いし、自分で何とか生きていける。だから、僕にもしものことがあっても、彼女は大丈夫だろう。ほらね、母さん、僕がどんな気持ちで闘いに挑んでいるか、わかっただろう。僕は死を恐れない。ちょっとばかり弱気なことを手紙に書くことがあっても、僕が怯えているとは思わないで。元気がないのは、嫌になるほど退屈だから。戦地での二年間、苦痛で自由のない生活、そんなものにうんざりしているだけさ。

塹壕に戻るまでに休暇がもらえればいいなと思っていた。そしたら元気になるし、母さんたちにも会えるし、ブランシュと数日過ごすこともできると考えていた。ところが、休暇は取り消しになった。別の日に休暇がとれる見込みもない。

もうすぐ復活祭だね。でも、僕ら兵隊には祝日も関係ない。野外でミサがあるかもしれない。晴れた日なら、きっとたくさんの兵士がミサに参加すると思うよ。

もし、アンドレの消息がわかったら、僕にも連絡してほしい。

じゃあ、また。大好きなお母さんに、愛をこめて。

ガストン

1916・6・14　水曜日

休暇から帰ってきた。大して戸惑うこともなく大隊に復帰した。特に未練も残さず、パリを離れることができたと書いたら、母さんは意外に思うかな。でも、本当なんだ。他の兵士たちも言っていることだけれど、戦争が二年間続くうちに人々が徐々に利己的になり、戦争に無関心になってきたのを感じる。僕たち兵隊のことなど忘れてしまっているみたいだ。それも当たり前といえば当たり前だろう。僕たち自身も、世間から切り離された生活に慣れてきてしまっている。だから、僕は何事もなかったかのように、隊に合流できたのだろうか。

休暇前、僕はこの六日間が幸せのあまり、あっという間に過ぎてしまうだろうと思っていた。皆から歓迎されることを期待していた。皆が再会を喜び、僕自身も、戦場で毎日のように顔を思い浮かべている人たちと会うのはどんなに楽しいだろうと想像していた。でも、そうじゃなかった。正直なところ、まるで無関心な人もいたし、無理に温かく接しようとしているような人もいた。要するに、皆、「お前、まだ生きてたのか」と驚いていたんだ。母さん、パリを離れ、もう二度と会えないかもしれない母さんたちに別れを告げたとき、僕が浮かない顔をしていたのは、そのせいなんだ。これは、母さんだけに打ち明けることだよ。だって、当たり前のことだけど、母さんは僕を待っていてくれたから。僕も母さんに会えて本当に嬉しかったし、一緒に過ごした時間は何よりもいい思い出になった。

そんなわけで、皆が僕を忘れたように、僕もあの人たちのことは忘れようと思う。でも、それが案外難しい。休暇待ちの二年間、期待しすぎたのかもしれない。ああ、がっかりだ。今は、孤独だ。怪我をして不具になるくらいなら死んだほうがいい。それがただ一つの願いだ。さようなら、母さん。心からキスを。

ガストン

モーリス・ドラン

１９１７・５・２１

真夜中にしか食事しないのを知っていて、敵は、（几帳面にも）こちらが一日でいちばん空腹な時間帯を狙って爆撃してくる。十時と五時頃だ。まるで、爆弾がオードヴルみたいだ。しかも、かなりの確率で、卵みたいに割れてどかん。幸い、昨夜は大雨が降ったので、（びしょ濡れになったのはつらかったけれど）ほとんどの砲弾は水たまりに着弾し、爆発しなかった。そういう意味では雨も悪くない。ただ、そんな不発弾が、戦争が終わったあと、畑を耕したときに爆発して、犠牲になる人が出るのかもしれない。

おとといの夜は、ニコラ・ルーとスープ当番。炊爨車を引く痩せ馬のすりむけた背中をなでてやった。かわいそうに。やさしい心を内に秘め、メランコリックな目で野原を夢見る馬。でも、塹壕のなかの人間だって似たようなものだ。重荷を背負い、いつかは殺される。今朝、僕は同じ馬を見かけた。馬は殺されていた。蹄鉄を宙につきだし血の海のなかに転がっていた。解放された魂のように抜け毛がふわふわと飛んでいる。枝の上では、キジバトが鳴いていた。

ニコラが僕に言った。「ああ、人間の遺骸みたいだ。ああ、人間そっくりだよ。こき使われて、みじめな一生さ。何も悪いことはしてないのに、こんな戦地に連れてこられて、このざまだ。しかも、俺たちを犠牲にして、上の奴らは悠々としているんだから！」
　軽んじられても、ただ黙って耐えていた孤独な馬。きっとつらかっただろう。でも、死んだら苦しくないね。たてがみを風になびかせ早足で進む馬の姿、かつての馬の姿を思い浮かべる。目を閉じれば、今でも思い出せる。子供の頃、うちにもビシェットという名の馬がいた。ビシェットの引く馬車に乗り、ポプラ並木の間を流れるサルト川のほとりをよく通ったものだ。こんな陰惨で悲劇的な場面で、なんで、そんなことを思い出したのだろう。わからない。今日が僕の誕生日だからかな。そう、この季節になると馬車で、おばあちゃんの家に行った。皆が集まり、抱擁しあい、幸せだった。家族のお祭りみたいなものだった。いちばん楽しい行事といってもいい。野原に行き、木陰にテーブルを置き、パーティーが始まる。その間、ビシェットは草を食む。今日は誰もおめでとうと言ってくれない。誕生日なのに。

モーリス

六か月の戦場経験を経て、エティエンヌ・タンティは、戦況を振り返り、短期戦で終わると思っていたのはフランス人だけだと気づく。イギリスは、一九一四年の開戦直後から第一次世界大戦が人員

および物資の面で消耗戦になることを見抜き、少なくとも三年は戦争が続くだろうと見積もっていた。

1915・1・28 木曜日

相変わらず書くことさえままならず、さまよえる日々だ。昨日の朝、二十三日付の手紙を受け取って、夕方には返信のための封筒を用意した。

今朝はひどく冷え込んで、かじかんだ手をどうすることもできなかった。いや、かじかんだ指だけが問題ではない。気分が沈んでどうしようもなかったのだ。寒さよりも絶望がつらい。

単に不機嫌なだけではない。君もわかっているだろうけれど、もはや、憂鬱を振り払うだけの気力もない。しょうがないじゃないか。昨日今日の話ではないんだ。今夜にも森のなかの戦地に復帰し、塹壕(ざんごう)にもぐって死の夜を過ごすかと思うと、陽気になれるはずもない。

もう六か月たつ。半年もの間、昼も夜も生きるか死ぬかの日々を過ごしている。とても人間らしい生活とはいえない。六か月たっても結果は出ておらず、勝利の見通しもない。半年もたったのに、シャトレを出た翌日から大して進んでいない。また一からやり直しだ。つまり、ここまではまだ前奏曲に過ぎなかった。悲劇は、まだプロローグの段階なんだ。そして、この春からようやく第一幕が始まる。大砲が準備され、塹壕という競技場では、今まで以上に残酷な殺し合いが繰り広げられる。古代の奴隷のように、牢から出されたかと思えば、鋼鉄のモンスターの餌食にされるのだ。春がまた来る。芽吹きの季節だ。それなのに、なぜこんな殺戮（さつりく）の季節になってしまうのか。そもそも、何か月も生活を奪った挙句、なかなか死なせてくれないのは、かえって酷なことではないのか。

昨日と一昨日、日務報告会でドイツ兵捕虜の手紙を読んだ。なぜそんなことをしたんだろう。わからない。彼らの手紙は、僕らの手紙と同じだった。みじめな生活。和平を心待ちにする思い。あらゆる行為の馬鹿馬鹿しさ。つらい思いは皆、同じだ。あいつらも、僕たちと同じ人間なんだ。不幸せな人間であることに変わりはない。

その一方、殺し合いが好きな人間というのもいる。先日、「マタン」紙が、アフリカ人部隊がドイツ軍の塹壕に乗り込んだときの武勇伝を残酷な描写で伝えていた。読んでいて気分が悪くなった。新聞は腐りきった財界人と政治家の言いなりだ。戦争支持者と残酷な勇者を讃えるばかり。でも、そんな記事が読者やギロチン愛好家を喜ばせるなら、どこに希望を見出せばいいのだろう。

僕らは獣になりさがっている。まわりの兵を見ていてそう思うし、自分についてもそう感じる。僕自身、何も感じなくなり、感情を失いつつある。さまよい、歩き回り、自分が何をしているのかわからない。風が吹けば灰が舞い、熾火（おきび）が燃え上がる。そんなとき、僕は自分がこの世で最も不幸せな人間のように思えて、ぞっとする（中略）。君にキスを。

エティエンヌ

作家ジャン・ジオノは書く。「僕らは、エパルジュ、ヴェルダン、ノワイヨン、サン・カンタン、ソンムの闘いを経験した。ソンムにはイギリス軍も参戦していたが、これは名ばかりのこと。シュマン・デ・ダムのニヴェル攻勢は、炎天下の大殺戮だった。（中略）僕は二十二歳で不安だった」ジオノは、第百四十アルプス歩兵隊（RIA）、その後第八工兵隊に配属。一九一五年から一九一八年までを戦場で過ごす。彼の所属していた中隊は、ヴェルダン、ロピタル要塞を前に多くの死者を出した。ジオノの目の前で友人たちが次々と命を落としていった。一九一八年五月には自身も毒ガスでまぶたに火傷を負っている。ジオノは、大戦終結後、手記を刊行し、自身の体験した恐怖を活写しているが、両親らに宛て、日常を綴った手紙は、これらの手記とだいぶ様相が異なる。身内を心配させないよう気を使っていたのだろう。自身の体験を生々しく伝えようとはしていない。

戦士の弱点。

良き兵士であれ。それが必勝法だ。よく言うではないか。「頭が悪くても良い兵士」が讃美される。「悪党でも良い兵士」は歓迎される。良い兵士でも悪い兵士でもないただの兵士もいる。特に異論がなければ長いものに巻かれておくタイプ。特に抗うことなく戦士の役目に甘んじるが、ウィリアム・フォークナーの小説の登場人物のようにある日ふと、気づくのだ。「歩道の真ん中に下水道のマンホールが大きく口を開けていてそこに飲み込まれてしまうように、誰だってちょっと気をゆるめれば、ヒロイズムを盲信してしまう」ことに。戦士の心には、こうしたヒロイズムとは別に、「ひとりの人間に戻る時間」がある。そのとき、人はひとりなのだ。一歩引いて、孤独と向き合うしかないのだ。分隊で、中隊で、国軍で過ごしたあと、ひとりになる。誰もいない。平和を愛するひとりの人間としてそこにいる。戦闘の話のなかで、戦士の口から歴史を象徴するような言葉がもれるそのとき。なつかしそうに母を呼ぶそのとき。そう、改行して段落が変わっても、悲しい気持ちはすぐに切り替えられない。

たとえば、脂だらけの銃剣で叩きのめされたそのとき。腹に穴が開き、そこから内臓が湯気を立て顔を出し、自分の意志とは無関係に、自分とは別の生き物、神の分身のように見えるその瞬間。砲弾の破片が太腿を貫き、泥のなかに埋もれた自分の肉体から大腿骨が光のように現れ、手が血に濡れるのを感じながら気が遠くなりそうになったそのとき。とつぜん、戦闘のまっただなかにありながら、それは個人の物語(ドラマ)なのだ。ひとりではない。今すぐではないと言い聞かせてきたところで、ある日とつぜん、そのときはやってくる。

そこで彼は叫び、たらいのように空っぽの頭に、閃光が走るように、真実を知る。だが、それも大して意味をもたない。人はもう後退できない。もう戻れない淵まで来てしまっている。戦争というゲームは、戦士の愚かさによって成立しているのだ。

ジャン・ジオノ『純粋の探求』

1917・3・30　軍にて

父さん母さんへ

昨日の夕方、早便で手紙を受け取ったよ。風邪はほとんど治ったと聞いて安心した。こちらは悪天候が続いている。でも、僕は何の支障もなく元気だ。食糧もけっこうあるので、それほど我慢しなくてもすむ。四月中に会いに行きたいと思っている。今は、ちゃんと手紙を受け取ることができる。こうして、どこにいるのかがわかっていれば、そんなに心配しないですむだろう。ちゃんと安全な場所にいる。温かく、穏やかに過ごしている。四月、休暇をとる頃には天気も良くなって、アーモンドの花も咲いているといいな。

大事な大事な父さん、母さんへ　息子より愛をこめて

百四十歩兵隊所属通信兵　ジャン・ジオノ

オーヴェルニュ出身のマラン・ギヨモンは、戦争前、小学校教諭をしていた。戦地で負傷し、毒ガスを吸ったマランは、終戦から八年後の一九二六年に死亡。この手紙は、妻のマルグリットが娘のリュ

シーを出産したばかりのときに書かれたものである。

1914・12・14

夜八時

電報受け取った。よかった。心配していたんだ。君は大丈夫？　赤ちゃんも元気かい？　難産だったのかな。医者は来てくれた？　乳母は見つかったんだろうか。電報は短すぎて、聞きたいことがたくさんある。

心配なんだ。ここ四か月半、君はずっと不安のなかで過ごしてきたから、それがお腹の子に影響していないだろうか。心配しすぎると子供によくないから、どうか、君はどっしり構えて、僕よりも子供のことを考えてほしい。

子供の名前は？　名前をすぐに知らせて。ああ、早く会いたいな。でも、休暇がとれるのは数か月先になりそうだ。

時間ができたら、赤ん坊の様子をいろいろ教えて。何もかもすべて知らせてほしい。会いたいな。すぐにでも会いたい。ああ、もう一年早く生まれていたらよかったのに！　便箋をたくさん送ってほしい。君に長い長い手紙を書きたいんだ。

不安になったら、僕を想いながら赤ん坊を抱きしめて。今夜は眠れそうにない。落ち着かなくちゃ。

僕は幸せそのものなのに、不安もある。よほどの症状でなければ、医者には頼らないほうがいい。薬局も同じだ。

今日の夕方、君からの手紙が二通、イヴォンヌからは葉書一枚と手紙が来ていたし、ジャンからも葉書が届いていた。でも、すっかりのぼせあがってしまって何が何だか。手紙は明日ゆっくり読み直すよ。きっと新鮮な気持ちで読めるだろう。

僕らの赤ちゃん、大丈夫だろうか。早く知りたい。赤ん坊はひ弱だからね。少しの乳でも大丈夫なんだろうね。いや、そうだといいんだけど。目は何色？　手はどんなかたち？

美人かな。君に似ているといいな。ああ、生まれたばかりの姿を見られないなんて。娘を愛している。君を愛しているのと同じくらいにね。赤ん坊のこと、たくさん聞きたい。話したい。

赤ん坊は泣いてばかりなのかな。君はつらくない？　電報は君が自分で送ったの？　いや、きっと誰かが僕を安心させようと、君の名前で送ってくれたんだな。でも、どうして、そうなったんだろう。その誰かがいなかったら、僕は何も知らずにいたのか。君、大丈夫なんだよね。

良い知らせを待っている。落ち着いたらすぐに手紙を、長い手紙を書いておくれ。

僕が今いるところは……前線のどこか、とだけ言っておく。スイスから北海まで長い長い線があり、僕らはそのなかの点でしかない。運がよければ、生きて帰れる。僕は大丈夫さ。理性を失っていない。僕らはきっと幸せになれる。あと数か月もしたら、休暇がとれるはずだ。まだ子供の顔を見ていないから、早く会いたい。きっと会えると信じている。だって、会わなくちゃ。そうだろう。

僕の手紙、大事にとっておいてくれ。僕にもしものことがあったら、その子がいつかこの手紙を読めるように。

僕らの子供が君にふさわしい子に、僕らの両親にふさわしい子に育つように頼んだよ。たとえ、僕がこの戦場から戻ることができなくても、その名に恥じることはないとその子に伝えてほしい。どうにもならないことはある。でも、無駄死にではなかったとその子に伝えて。僕はこの集団殺人を許せない。単なる殺人よりも惨(むご)いものだと思うし、この戦争を望んだ奴らを憎んでいたとその子に伝えて。

（中略）

君のそばにいて、世話することができたらどんなにいいだろう。そしたら、ちびちゃんをあやしながら、こう言い聞かせる。「まだしばらくは離れて暮らさなきゃならないかもしれないけど、ずっと一緒にいたいという気持ちは本当だよ」と。ああ、どうにかなりそうだ。手を止めて、口に出して言ってみる。「娘が生まれた」いい言葉だね。君と手をつないで学校から帰ってくる少女の姿が、今からもう目に浮かぶよ。

ね、たとえ僕が戻れなくても、僕にはもうその子の一生が見えている。すべてが目に浮かぶんだ。でも、この手紙が君に届く頃、その子はどんな様子だろう。君がパリにいるなら、僕に見せに来てと頼むところだが、そうもいかない。写真は無理かな。小さな小さな姿を目に焼き付けたいんだ。よほどの難産でなければ、君も幸せを感じていることと思う。とにかく赤ちゃんをすべてに優先させて。子供のことだけ考えるんだ。僕がいなくて寂しいだろうけれど、子供がいれば慰められるだろう。愛情あふれる母娘が、不幸せなはずがないからね。

僕のことを赤ん坊に話して聞かせてね。でも、僕だって君たちと一緒にいるつもりだよ。うん、娘には弟が必要だ。姉さんをちょっと困らせるようなやんちゃな弟がいるといい。ああ、でも娘でよかったと思っている。女のほうが苦労は多いかもしれないけれど、少なくとも、女の子なら戦争に行って怖い思いをすることはない。どの国も、さすがにこの戦争に懲りて、戦争が終わった後は非武装を誓い、恒久平和を目指すといいのだけれど。戦争中に生まれるなんて、かわいそうな子だな。そういえば、君もこの子と同じ季節に生まれたんだね。おや、電報には、生まれた日付が書いてなかった。正確な誕生日は何日？　早く手紙がほしい。待ってるよ。

うん。僕が帰れば、皆がそろう。君と、僕と、僕らの子供。そのためなら、何を失ってもいい。授業のないときは、土木工事でもして家計を支えよう。もし、万が一、僕が君に会うことなく、その子の顔を見ることなく死ぬようなことがあっても、気をしっかり。努力は必ず実を結ぶから。

君は、万が一のことなんて想像していないのだろう。でも、僕が君にしてあげられるだろうこと、まだしてあげてないことを考えると……。いや、もうやめておこう。君に怒られてしまうね。去年の冬に刺繍をしていたあのドレス、まだもってる？　夏が来たらまた着るといい。

明日もまた長い手紙を書くよ。疲れるだろうから、いちどに全部読まなくてもいい。僕は今、藁のなかに寝転び、ろうそくの明かりでこれを書いている。子供が生まれたこと、フェリーに話した。

中尉にも報告したよ。ジョフルが通りかかったら呼び止めて報告するんだけど、彼は今、遠い前線のどこか、僕よりも敵軍に近いあたりにいるんだ。

1914・12・15

レール《ブルゴーニュ地方ドゥ県》での生活はどう？　嬉しくてたまらないというより、いろいろ不安になって、昨夜は眠れなかった。だって、あと数日間、詳しいことを知りたくて、ずっとやきもきしていなければならないんだから。君たちが今、どうしているか想像してみる。でも、思い付かない。大丈夫かい、疲れてないかい。気をしっかりもって。M家の人たちが来るだろうね。でも、無理にしゃべらなくていい。おしゃべり女はあまり相手にしないで。君のことじろじろ観察しているんだよ、きっと。もし、手紙を読むのが大変なら、誰かに読み上げてもらうといい。読みにくい字でごめん。でも、ちゃんと書きものができるような場所がないんだ。

君に長い手紙を書きたいのだが、頭のなかがごちゃごちゃでまとまらない。そういえば、一九一〇年の七月から九月にかけて、君と結婚するときもこんなふうだった。幸せすぎて信じられないんだ。あの頃からずっと愛している。今は、君と娘を二人とも心から愛している。でも、僕は遠くにいて、君たちのことを案じている。娘の顔が見られる君がうらやましくなるくらいだ。君ばかりずるいとさえ思ってしまう。もう、書くのはやめよう。赤ちゃんにキスを。家族皆によろしく。

僕が帰れることを祈っていて。君は最高の奥さんだよ。じゃあね。

マラン・ギヨモン

アルフレッド・コーネルセン。ドイツ軍の兵士。一九一八年七月にフランスの前線で戦死。享年十九。

1918・5・2　フランスにて

母さんへ
母さんも僕と同じように元気にしていることと思います。昨夜は十一時から一時まで見張り当番だったので、気がつくと物思いにふけっていました。真夜中で日付が変わって、今日は母さんの誕生日だね。おめでとう。声に出してつぶやくと、何だかまわりの空気が変わったような気がした。「今日は母さんの誕生日」、そう、ひととき別世界に戻れる。
来年の誕生日は、家で皆で祝えたらいいね。

休暇は期待できない。何度申し込んでも、すぐに取り消しになる。唯一帰省が許されるのは、畑をもっている人たち。そういう条件だと、僕はクリスマスにさえ帰れそうもない。聖木曜日《復活祭の前にある木曜日のこと》、僕らはソンムの支援拠点を攻撃した。翌日の聖金曜日には、イギリス軍が反撃、僕らは何とかそれを押し返した。

それから復活祭になった。生涯忘れられない日々となった。今、これを書いている場所は、危険から遠く離れている。でも、僕らの軍は多数の犠牲を出している。たぶんあと数日は休めると思うけれど、それが終わればまた前線に戻る。そろそろ戦争が終わるといいな。このままじゃ、フランスは全滅してしまう。

戦利品は持ち帰らないよ。それどころじゃないんだ。もちろん、今のところは大丈夫。泥のなかにずっといると、リューマチになりそうだけど。フリッツから小包が届いた。母さんのところにいるときに送ってくれたらしいね。母さんも元気らしいから安心した。これが最後の攻撃になり、家に帰れることを願っている。食糧が不足している。また腹が減ってきた。もうすぐ再会できることを祈りつつ。

アルフレッド

断章　春

1916

ジョゼフへ、

未発表の原稿を同封する。感傷的だな。兵士たちの思い出として、君にもっていてほしい。君の友人、エドモンより。

世間の人たちは、兵隊を褒めるが、列車に乗る姿、カフェやレストランや店に入る姿を見かけたときは、そっと避ける。軍靴に蹴られるのが怖いから。服を汚されるのが嫌だから。ふとした拍子にドレスに腕がぶつかったら嫌だから。兵隊たちの乱暴な言葉づかいは耳ざわりだから。兵隊たちは、上官に敬礼を強いられる。後方勤務の連中は、教練が免除されるのに、戦地では病院でも教練が強制される。後方勤務の連中は兵隊がどんな生活を送っているのか知りもしない。「闘え！」とけしかける新聞記者も、参謀本部を訪問する政治家たちも、兵隊の本当の姿を知らない。兵隊は、交替要員が確保されたときに限り、休暇をとって家に帰る。一週間の休暇をもらい、家族の待つ故郷に戻っても、再会を喜び、皆を愛することに精一杯で、自分のことはろくに話そうともしない。兵隊は戦争で儲けようとしない。兵隊は、すべてを聞き、判断し、戦争が終わると雄弁になる。そう、真の兵隊とは塹壕（ざんごう）に進撃する歩兵のことだ。前線にはどれだけの兵隊がいるのか。世間が思うほど多くない。彼らは苦しんでいるのだろうか。世間が思うよりもずっと深刻に。じゃあ、彼らのためにどうしたらいいと？　皆が話題にしていることも、誇りに思っていることも、遠くから見惚れていることも知っている。新聞の挿絵や写真をもとに画家たちは彼らの姿を後世に伝えようとするだろう。女たちは、兵隊に手紙を書き送り、恋の戯れを楽しもうとするだろう。

でも、彼らが休息しているときはそっとしておいてほしい。彼らが七十五ミリ野砲や、飛行部隊やベルギーの旗のように、話題にされることがあるだろうか。砲弾の降るなか、飢えや不安と闘い、窒息しそうになりながら、自軍の塹壕を守り、敵の塹壕を奪取する無名の兵隊たちこそがフランスの希望だと新聞が報じたことがあっただろうか。

エドモン・ヴィテ

1915・5・23

どうやって生きていけばいいのだろう。暑くなって食欲がない。何しろ食事と言っても、朝十時に、油脂の臭いだけで吐き気がしそうなブイヨンとおかゆ。夜は缶詰の肉とジャガイモにソースをかけたもの。食欲をそそるものじゃない。休憩になっても、雑木林のなかで寝るだけ。食べ物を買うことすらできない。

エミール・ソトゥール

明日の出撃が確実になった。どこへ？　まったくわからない。たぶん、ヴェルダンだ。最後まで信じたくなかった。自分に都合のいい情報だけに耳を貸し、現実を見て見ぬふりをしてきた。あんなところへ行くなんて考えただけでぞっとする。

でも、今や、疑いの余地はない。明日、ヴェルダンに行く。三月十三日、僕の運勢は？　悲しいな。最後にもういちど情熱的でハッピーエンドの恋物語でも読み返そうか。書く楽しみを感じられるのも、もうすぐ最後になるのかもしれない。最後の夢はどんな夢かな。最後に願うのは何だろう。死が、望みのかなう可能性を奪い、欲望を萎えさせる。今日、僕が悩んだり、不安を感じたりしているのは、現実を前に実感がないからこそなんだろうな。僕は天国に行けるのかしら。それなら、損はないかも。でも、明日は真っ白で、甘く、穏やで、幸せな一日になると思っていたのに。

アンリ＝エメ・ゴテ

1915・10・6

ぼくのおくさんへ

みじかいけれど、さいきんのぼくのことをおしらせします。いつもどおり、きょうはげんき。きみのてがみとどきました。十フランのカワセもいっしょに。この間のてがみ、ごかいしたみたいだね。ぼくは、けがしてない。けがは、ほかのひと。ともだちのビリアン・セバスチャンが死んだ。たいほうのたまに、あたってしんだ。ビリアンは、ぼくのそばにいた。四メートルくらいのところ。かれのりょうしんにつたえて、悲しいとつたえて。きょうはかれがしんだ。あすはまたべつのだれか。みなじゅんばんにしんでゆく。もうとうかねてない。フラシボワ上官もげんき。いつもおくさんにてがみかく。せんそうは悲しい。とおくからきみをだきしめる。あまりしんぱい、しちゃだめ。いつもげんきで。

ジャック

《原文には文法やスペルの誤りが多く、句読点もない。フランスでは当時すでに、義務教育が導入されていたが、地方の農村部では、まだ読み書きに不自由する者が多かった。》

1915・4・18

木が芽吹き、花が咲き、生命力に満ちた、こんな気持ちのいい季節になぜ殺し合いができるのか不思議でならない。無能な政府にうんざりしている。政府は、この戦争を回避すべきだったし、せめて充分な準備をし、もっと短期間に終わらせていれば、これほど多くの命が失われずにすんだはずだ。だが、もはや騒いだところで何になる。僕らは大義を果たしてきたし、こうなったら最後まで、命の限り闘うのみだ。

マルセル

多くの人たちは、これまで生ぬるい信心しかもっていなかったが、今になって本気で神を信じようとしている。上官も兵隊どもも、皆、じっと空をあおいでいる。

C・ヴァラ

戦時代母《身よりのない兵士と文通し、慰問袋を送る女性ボランティア》とは実に傑作な発想だ。前線にいる者の思いを世間がいかに理解していないかがよくわかった。兵隊というものは情熱にあふれ、孤独にさいなまれ、過去を悔やむこともなく、善良で慈善的なのだと人々は思いたがっている。戦争は兵隊の本能を研ぎ澄ませる。目前に敵がいれば、すべきことをする。折り目正しいのは、後方にいるときだけ。おめでたい女性たちは、兵士のことを誤解している。多くは、スノビズムや英雄崇拝から代母になるだけで、兵士に憐れみを感じているからではない。女たちは毎晩ベッドで寝る快適な生活を送りながら、やさしく慈善的な人間でありたいと思い立ち、哀れな兵隊たちに同情と親切心の慰問袋を送ってくるのだ。
「ああ、哀れな兵隊さんたち。まあ、かわいそうに！」ってね。

アンリ＝エメ・ゴテ

1915・5・3

兵隊はこれまでになく厳しい生活を強いられている。常に撃ての命令に備えて待機。毎日、十五個から二十個の砲弾が降ってくる。楽しみは寝ることだけ。木の枝でカモフラージュしながら、菜園をつくっている。植えたのは、葉物野菜、グリンピース、蕪（かぶ）などだ。井戸も掘る。深さ四メートルほどでいい水が出た。なかなかいい家だよ。鉄枠のテーブル、鏡のついたクローゼットはいずれも、爆撃を受け廃墟となった家からもらってきたものだ。家具はすべて、二つの戦線の間にある家からもってきた。夜、闇にまぎれて必要なものを探しに行く。もちろん、リスクも危険もある。

アンリ

1916・5・4

自分たちの家のあった場所には灰しかない、という人も多いし、機関銃や砲弾の被害を免れたものの、家に帰ってみれば、扉はなくなり、板ははがされ、家具も荒らされており、柱時計まで壊されていたという人もいる。食器を割られ、盗まれ、マットレスは地下室にあり、ベッドには羽毛が飛び散り、羽毛布団もぼろぼろ。家に帰れど、こんなありさま。僕は、兵士たちを統率する司令官の責任だと思う。だって、こんなことになっているのを司令官が知らずにいたわけはない。ちょっと見ればわかるはずだ。

ピエール・リュリエ

邪で意地悪な女よ。本能的に残酷で、手袋のボタンをひとつはめるだけで、人の心をもてあそぶ。僕らの苦しみ、不幸、憎しみの母。自分のことしか考えていない女よ。国家も文明も戦争も女のためにつくられたのだ。最初に笑いながら死んでいった男はお前に恋をしていた。つれないブロンドの乳房に。カインの妻はアベルに恋をしていたにちがいない《聖書に登場する兄弟。弟アベルは、兄カインに殺される》。女はただの口実ではなく、罪を正当化させてみせる。陪審員たちは声高に叫ぶ。彼女は守られるべきだ。そう、彼女は生き延びるために強い腕が必要だったのだ。偽善者め。英雄を自分の支配下に置くのが嬉しかったのだろう。女はいちばん強い者にその身を捧げる。お前を求めた男は、憎しみという代償を払ってお前を抱く。（中略）そうさ、お前を憎んでいる。お前の身体は恥辱と卑しさと裏切りの法廷だ。それでも、男たちはお前を愛する。どんな女でも愛する。ただし、善き人は、いちどにひとりしか愛さない。だが、お前は、あらゆる男から求められ、自分を讃えてくれる男の求愛にしかなびかない。

アンリ＝エメ・ゴテ

夏

étés

夏。暑い夏。嵐の季節。鎌の季節。干し草の季節。麦の収穫。戦場の朝露。果実の季節。母の愛。手紙だけの恋人。鋼鉄の嵐。サクランボの季節。だが、サクランボの樹はもうない。結婚生活にも死の影。恋をする時間さえなく、恋人も愛人も、死の呪いから逃れられない。地獄の淵ではねるコオロギ。鉄条網のなかのクロイチゴ。蠅と蚊に悩まされる季節。共同溝と石灰。不吉な臭いと強い香水。水筒のなかで生ぬるく腐る水。命の証。これまで言えなかった告白。たまりにたまった思いが、はけ口を求め、叫び出す季節。執拗(しつよう)に苦しみを綴る手紙。夏は汗と涙と血の季節。飛び散る砲弾がすべてを奪う。子供の笑い声も、洗濯女の歌声も。静かで平和な夜が訪れ、河辺でもらすため息も。夏。ひからびた沼には死んだ魚。獣たちは、もうすぐ狩猟の季節が始まるのを知っている。

マルセル・リヴィエ。アルジェリア、ブジョー出身。ベルギー、ディクブーク近郊で一九一四年十一月四日、二十一歳で戦死。出征時よりつけていた従軍日記は、遺体のポケットから見つかり、母ルイーズ・リヴィエのもとに届られた。

1914・8・9　日曜日

戦争は、軍人の天国、兵隊の地獄だ。思い出だけが、死の恐怖を呼び起こす。だから、勇気が揺らがぬよう、愛する人たちのことは考えないようにする。何とも悲しい。これぞヒロイズムか。

1914・8・27　木曜日

遠く、母たちが案じてくれるだけで、僕らは不思議な何かに包まれているかのように、寒さや恐怖から守られている。乳房のぬくもりを今でもうっすらと覚えていて、その悲しく深いやさしさ、そっとはじらいを秘めた愛情は、何か自分たちの力を超えたもの、遠くからやってくるもののように思える。朝の涼風に揺れる蜘蛛の巣のように母と息子をつなぐ細い糸、究極の絆が、恐怖の連続のなか、軍靴（ぐんか）の先で揺れている。

時折、夕暮れにふとやさしい気持ちになる。一日中歩き回り、闘い、疲れた身体は思考を許さない。僕らは獣のように神経を逆立て、心を閉じ、新品のばねが弾むように歩いていく。ふと寒気が走り、脚を止めるともう動けない。そして、ふと人恋しくなる、大切なひとにふれ、甘い言葉を語りたくなる。やがて、そんな思いはひとつの叫びに集約される。「お母さん」

ロラン・デフルセルは、戦時代母の女性に毎日手紙を書きつづけていた。

1918・3・24

あなたはお返事が遅れた罰として、何でも言うことをききます、なんて書いてきたけれど、あなたよりもっと返事が遅くなってしまった私には、どんな罰が下るんでしょうね。あなたからの判決をしばらく待つとして、とりあえず、今日はあなたに罰として（ええ、あなたのほうが先に遅れたのだから、まずはあなたに罰を言い渡しましょう）、私に十回キスすることを命じます。気持だけのキスですが。内訳は以下のとおり。

唇のまんなかに二回、両端に一回ずつ、両まぶたに二回ずつ、両頬にも一回ずつ。

(中略)もし、四月半ばから五月の間にパリに来ることがあったら、知らせてください。お目にかかれたら、このうえもない喜びです。

そうしたら、想像のキスではなく、本物のキスをお願いします。今までの手紙に書いてあった分のキス、そして私があなたに求め、あなたが許してくれるだけのキスを。

(中略)あまりにも任務がきついと、人は即物的になるような気がします。以前のように、散歩をして物思いにふけることには歓びを見出せなくなってしまいました。自分のなかの善い部分が徐々になくなっているような気がします。そして、日を追うごとにますます現実的になっていくのです。

ロラン・デフルセル

モーリス・ドラン

1917・5・18　金曜日

ジョルジェットへ

長い任務、長い夜――しかも、童謡に歌われるような「月の光」すらない暗い夜――が続き、ようやく休みになったので、その短い時間をできる限り、君のために使おう。といっても、パリにいた頃の君の笑顔、楽しい思い出に浸って心の慰めにするか、手紙を書くくらいしかできないのだが。でも、こうして君に手紙を書いていると、君と二人きりでいるようで、世間や世界との結びつきを取り戻し、思考や感情を思い出す。思い出は黄金の筆で地図を描きだし、僕らを別世界へと誘う。そして僕は旅をする。(中略)

真実は人生を美しくする。真実は存在する。生きるとは、愛するという真実とともにときの流れをたどることだ。美とは宿命を背負って生きることの現実だ。幸福とは、義務であり、その代償としての徳である。

だが、それが想像以上に難しいのだ。

戦争がそれをさらに難しくする。生きることの美。現実と制限のなかに無限を求めること。花畑の上に広がる大空のような無限を求めても、常に現実がのしかかってくる。

(中略)

兵隊たちは、飢えと寒さの暗い日々の行進のなかで、十字架を背負った苦行のすえに死の訪れを想像する。死を恐れながらも、死によってすべてから解放されたいと思い始める。兵隊たちはやせ細り、熱に震え、腹をすかせ、疲れ果てている。恐怖と、死による解放を待つ気持ちにむしばまれていくのだ。

彼らは知っている。彼らは見たのだ。彼らの目はどこまでも続く泥、そこに流れる血を見てきた。ずるずると鎖が引かれ、運命の歯車に巻き込まれていくのを見た。そして、砲弾によってとつぜん、命を奪われた者、すべてから引き離されていく者の放つ叫びが、絶え間なく聞こえてくるのだ。

ジョルジェット、君と二人きりになりたい。砲弾から離れ、死体だらけの泥のなかで過ごす夜を離れて、死の恐怖や苦しいばかりの軍隊から離れて。永遠に続くかのような闇の単調さから逃れて。悪臭を放つ汚物から逃れて、もはや空ではなくなった空の重みに耐えかね、壊れてしまいそうなこの世から逃れて。

意地悪な風が狂ったように吹いて大地を揺さぶり、宙を引き裂き、木を引きぬき、新芽をなぎ倒す。思考を殺さない程度に型にはまらなければならないとしても、それが何になる。君が思うほど、僕は怯えていないし、おじけづいてもいない。僕の心には、君の心がある。小さな時計が脈うち、ときを刻んでいるのだ。疲れたときは、この時計を君だと思って話しかけている。

僕が取り乱すと(いや、誰にでもあることだ)、君はきっと僕が死んでしまうのではないかと想像し、深い悲しみに沈んだり、狂気の入り口のような悪夢、滅多に見ないような悪夢を見てしまうかもしれない。大丈夫だよ。絶対にとは言えないけれど。確かに、僕らは嵐のなかにいて、恐怖やむき出しになった本能や、野蛮な精神や落胆や疲労で苦しんでいるけれど、多くの場合、いや、少なくとも僕は、緊張を解き、穏やかで冷静な自分に戻る時間をもっている。そう、難破船の船員が的確な判断をするように。

そんな清明な時間が訪れると、僕は君を愛し、君に手紙を書き、君を抱きしめ、唇の感触を思い出し、君のくれた幸福を改めて感じるためにその時間を使う。

何も聞こえない。静かだ。聞こえるのは、満足げに歌う鳥の声と葉擦れの音だけだ。嵐のあとに訪れたありがたい時間だ。ああ、それでも、押し殺した咳のように、遠く、本当に遠くのほうから、別の隊が闘っているのだろう砲声が聞こえる。今日は快晴。いい天気。君を愛している。もういちど言いたい。僕は心、空の鐘、葉擦れの音、虫の羽音、そして一日の始まりを彩る話し声に心を預ける。今いるところは土も乾いている。木立が緑のレースのように入り口を飾っている。隅には、緑色の苔がハンカチのようだ。森は大きな扇子のように広がり、木々の合間に青空が見える。足下には、五月の植物が絡み合い、そこに太陽が接吻するように降り注いでいる。見上げれば、そこにはただ広く、透き通った空！

身体が震え、ひきつり、土のなかに身を丸めてもぐりこみたい衝動にかられることもある。エンジンが回転し、スクリューから水がしたたり落ちる。水蒸気がうなりをあげ、その音が徐々に高まり、轟音となり、爆発。ばかでかいんだ。とてつもない音がする。破片の雨が立ち上り、広がり、木々の上や、塹壕の周囲に降ってくる。誰も無傷ではいられない。あとは運次第。回転音が天を駆け抜け、百五ミリ砲の火薬で空気を感電させる。緊張が走る。ひよこみたいに無力で、ひ弱な僕ら。巨大な音が僕らに降ってくる。脱線した列車が突っ込んできて轢き殺されるようなものだ。火薬と灰の臭いが鼻をつき、息ができなくなる。灰色の雲は溶け、その渦がクリスタルの日の光を陰らせる。すべてが壊れ、回転し、嘔吐のような叫び声、つんざくような機械音、泥のびちゃびちゃいう音。落雷のような光と音。時限爆弾が、空中でばらばらになり、パラシュートのように、炎でできたヘルメットのように、同心円状に広がりながら落ちてくる。ジョウロで水を注いだときのようだ。着発弾は、地面に落ちた衝撃で、大きな音をたて、泥を跳ね飛ばし、腹の中身をぶちまける。時限爆弾と着発弾は、太陽が白く照らすなか、交互に炎の雨を降らせる。ああ、よかった。味方が反撃を始める。反撃？　僕らは、予備隊なので戦線から少し離れたところにいる。だから、前方に七十五ミリ砲が見える。鋭い音、明朗な音で、すぐにわかる。後ろには、リマイヨ砲《エミール・リマイヨ考案による百五十五ミリ砲》などの重砲が控えている。最も強力で高速な七十五ミリ砲。甲高い、裂音のような砲声。海軍の兵器やシュナイダー《シュナイダー社製M1913百五ミリカノン砲》もある。僕は小さな綿を耳に入れた。大砲の前にいると、顔にもろに爆風をくらうし、耳が聞こえなくなるほど大きな音がするんだ。水しぶきのように火花が散り、煙にかすむ空に、光の穴が開くのが見えるんだ。

恐怖のなかにありながら、頭上に炎が飛び散る光景は、壮大な叙事詩のようでもあり、誰もが言葉を奪われ、憎悪さえも腹のなかに引っ込んでしまう。砲弾は空高く飛んでいく。野蛮ながらも、どこか甘美な光景でもある。ああ、フランス。挙国一致で守れよ祖国！

とつぜん、静寂が訪れる。太陽は花火のように光輪をまといながら沈んでいき、明日、また昇ってくる。こうして日々は永遠にすぎてゆくのだ。

誰かが死んだのだろうか。知りたいとは思わない。僕は手紙をまた書き始める。どうせ、そのうちわかるだろう。
睡魔がやってくる。斧が振り下ろされるみたいに、子供じみた眠気がやってくるのだ。ごめん、要するに単なる頭と心の問題ではなく、僕の性格なのだろう。しかも、だいぶ神経質になっている。少し休むから、僕の首に君の腕をまわしてくれ、君のやわらかな心で、僕をあやし、なだめるような言葉をささやいてくれ。

モーリス

ジョゼフ=トマは、サン・ジョルジュ・デスペランシュの農夫だった。この手紙は、生後十五か月の息子に宛てたものだ。この手紙から八か月後、一九一六年三月三十日にジョゼフは戦場で命を落とす。

1915・8・5
小さなアルマンへ
お前はまだ幼いから今何が起こっているのか、戦争がどんなに恐ろしく人々を苦しめるものか、よくわからないだろう。この葉書は、父さんの形見となるかもしれない。父さんは、君たちの世代がよりよい人間になれるよう、このようなことが繰り返されぬよう祈っている。お前が今の私のようになる必要がないよう、強制されることがないように願っている。私以外にも軍隊には、愛しい子供たち、天使のような子供たちを家に残してきた者たちがたくさんいるのだ。

成長の過程では、難しい時期もあるだろう。だが、何年かすれば、親のいうことをきくやさしい少年に戻ってくれるだろう。そのとき、私はお前のそばにいて導いてやりたい。でも、たとえそれが無理だとしても、お前が父さんの顔を思い出せなくても、父さんの思いを継ぎ、母さんに、そしてお前を育ててくれた人たちに感謝できるひとになってほしい。一人前になったら、善き人になること。幼きものにやさしくあること。自分がされて嫌なことは他人にもしないこと。母さんを大切にすること。母さんの支えになること。

本当の幸福は富や栄誉ではなく、善行と責任を果たすことにあることを忘れないでほしい。たとえ困難に直面しても、勇気を失わないこと。お前ならきっと乗り越えられる。不幸にして、悪徳や衝動に引き込まれそうになったら、すぐにこの手紙を読み返してほしい。堕落に身を任せてはいけない。最初が肝心だ。いちど流れに足をとられてしまったら、あとは転がり落ちるばかりだから。そのまま戻れなくなってしまうこともある。後悔しても遅い。そうなったら、もう終わりだ。自らの過失で人生をだめにしてしまう。周囲から嘲笑され、後ろ指をさされ堕落していくばかりだ。

いや、お前を恥ずかしく思うことなどないと信じているよ。お前はきっと正しい道を進んでくれるだろう。
お前を抱き、あやせる日がくることを願いつつ、父さんから大きなキスを贈ります。

ジョゼフ=トマ

アルベール=ジャン・デプレは、一八八一年十二月二十一日ヌアン・ル・フュゼリエ生まれ。ピエールフィット=スゥール=ソルドル《ロワール・エ・シェール県》の市役所職員だったが、第九十六歩兵隊の中尉になった。一九一八年四月二十一日、フランドルの戦闘で死亡。享年三十七。彼が出征した一九一四年、息子のアルベールはまだ七歳だった。

1916・10・11

九歳になったばかりの息子へ
九歳になったね。すてきな歳だ。人生のなかでもいちばん心がうきうきする時期だよ。まだ小さいから戦争に行くわけではないけれど、もう充分に大きいから、大人になっても戦争のことを覚えているだろう。そして、君が、君たちが大人になったら、この戦争の結果を受け止め、それを教訓にして新しい世の中をつくるんだ。

ああ、父さんたちは美しく平和で充実した人生を君たちに託したい。君たちが父さんたちのことを覚えていてくれさえすれば、理解してくれさえすれば、きっとそうなるはずだ。父さんは、皆で暮らすあの家、君を可愛がって育ててきたあの家を壊されたくないからこそ、今この苦しみや、あらゆる危険、そして君たちと離れている辛さに耐えている。それを君に覚えていてほしい。

もっと小さかった頃、父さんは君を膝に乗せ、物語を聞かせたり、絵本を見せたりしてきたね。あの頃のように、本気で父さんの話を聞いてほしい。九歳になったとはいえ、今の君にはちょっと重たすぎるかもしれない。それでも、言っておきたい。じかに伝えたほうが君の心に残るだろうし、君もわかってくれるのではないかと思う。戦争が終わり、君が大きくなった頃、もし、父さんが君のそばにいられないとしても、今のうちに話しておけば、安心していられる。

九年の間、君は守られてきた。母さんに、父さんに、そしてフランスに。そうだよ、九歳おめでとうと言ったばかりじゃないか。

父さんは悪いことはしていないし、弱虫ではないし、女々しくもない。

父さんの知っているある将軍の話をしよう。父さんは、彼を尊敬している。彼は二人の息子を同じ日に失った。ひとりは二十歳、もうひとりは十九歳だった。でも、将軍は喪章をつけず、誰にもその話をしなかった。「兵士たちが元気をなくさないように」そうしたという。

父さんはこの将軍を偉いと思う。自分が同じようにできるかどうかはわからない。私だったら、君を抱きしめ、涙を見せず、叫び声もあげず、ただ他の者と同じように時間がたつのを待ち、任務を遂行するだろう。

だが、もし、それが息子の死ではなく、自分の死だったら、私は喜んで受け入れる。私が死んで、君が残るなら、それでいい。

戦争でいちばん大きな問題は、若者たちがまず先に犠牲になることだと父さんは思う。

正直に言おう。三十五歳の兵士が死ねば、家長がいなくなり、家計がなりたたず、家庭が崩壊する。だが、父さんは思うのだ。家族にとっての希望、子供がとつぜん死んでしまうことのほうがもっと悲しいのではないかと。

もちろん、私だって、母さんや君と別れるのはとてつもなくつらい。でも、少なくとも、父さんは、君と母さんのおかげで愛に満ちた幸せな日々を送ることができた。つまり、あまりにも幸せな思い出があるからこそ、未練が残るのだ。

できなかったこと、生きていたらできたかもしれないことを思うと残念ではある。でも、君がいる。君が私の人生の続きを生き、私のやりたかったこと、やってみたかったことを実現してくれる。

だが、子供の死はただただ痛々しく、希望を残さない。父の死は、そう、戦争で死んでいくものたちは、名誉の死であり、夢や希望を残すものだ。

わかってくれるかな。この困難な時代にあって、父さんたちは君たちに何を託そうとしているか、何を願っているか。父さんが、どうして、早いうちに話しておいたほうがいいと思ったか、わかってくれるね。もし、君に何かあったら、父さんは悲しみのあまり絶望するだろう。でも、君は、もし戦争が終わって、以前のように父さんと暮らすことがかなわなかったとしても、絶望しないでほしい。ここに書いたことを父さんの最後の言葉と思って、励ましや愛情を感じてほしい。父さんを思い出し、父さんを見習って、生きてほしい。父さんは君の手本になれるよう頑張っている。

軍隊にて　一九一六年十月十一日　デプレ中尉

ラザル・シルベルマンは、婦人服の仕立屋をひとりで営んでいた。移民としてフランスに暮らしていた彼は、フランスへの同化を望み、あえて軍に志願した。志願する直前、彼は妻サリーに遺言ともとれる手紙を書いている。妻もまたルーマニアからの難民であり、二人の間には四人の幼い子供がいた。ラザルは、戦争を生き抜いたものの、戦地で負傷、後遺症のため一九二〇年に死亡している。妻サリーは、その二十二年後の一九四二年、ユダヤ人収容所で死亡。

1914・8・7　パリにて

サリーへ

僕らを受け入れ、何不自由なく暮らさせてくれた国、フランスに恩返しするため、僕は志願する。帰れるかどうかはわからないので、ここに君のための遺言を書き残しておく。

君がこれを読んでいるということは、僕はもうこの世にいないのだね。この手紙は僕が死んだときに開封されることになっているのだから。

一　金庫に四通の手紙が入っているから、それぞれ宛名書きのとおりに渡してほしい。

二　印紙を貼った財産目録がある。君と四人の子供たちが、わずかながらも僕の遺した財産の相続人であることを記してある。（中略）

サリー、君に面倒をかけることは想像がつく。資産なんて、ちょっとしたものに見えても、大したことないものだからね。四人の子を細腕で育て上げるという重い責任を背負わせてしまうね。僕は君たちを幸せにしようとしてきた。君も知っているよね。僕は自分のために何かをしたことなどない。とにかく、君と子供たちの幸せだけを考えてきた。これまでできることはすべてしてきたけれど、思い通りにはならなかった。

結婚からこれまでの幸せな日々、短かすぎたかもしれないけれど、君には本当に感謝している。気をしっかりもって、自らが手本となり、子供たちが誠実で正直な人になれるように導いてほしい。君なら大丈夫だよね。僕がどれだけあの子たちのために尽くしてきたかを話して聞かせ、父を手本とするように言ってほしい。君自身は、僕との幸せな時間を思い出してくれるよね。僕らは最後まで愛しあっていた。その記憶と、僕の君への態度、他の人への接し方を思い出せば、君は頑張れる。僕の遺した重荷に耐えられることだろう。最後に、約束する。子供たちが何も恥じることなくこの国で暮らしてゆけるように、僕が手本を示しておけば、きっと、それは彼らの将来を救うことになるだろう。最後にもういちど君にキスを。

君の幸せで不幸せな夫、ラザルより

子供たちへ

パパからのだいじなおねがいです。きみたちはまだちいさいけれど、もうすぐおとなになります。そうしたら、ここにかいたことを思い出してください。ママにやさしく。いつもママのいうとおりにすること。ママは、ひとりでパパのぶんまできみたちのためにがんばっているからです。パパをみならってください。ひとをあいしましょう。いつもただしく、すなおでいること。そうすれば、きもちもおちつくし、しあわせでいられます。ロゼット、きみはおねえさんだから、いもうとのエルネスティーヌやおとうとのジャン、シャルルも、みながいいこでいられるように、おてほんにならならなくてはいけませんよ。みんな、いいこでね。（中略）このてがみをかきながら、パパはないてしまいました。このなみだが、きみたちに、パパがなにをねがっていたか、きみたちにどうなってほしかったかをつたえてくれるでしょう。

このてがみはだいじにしてください。かわいそうなパパのことを思い出し、パパとのおやくそくをまもってくださいね。

ラザル・シルベルマン

追伸　ママにやさしくしてあげてね。悲しませるようなことはしないでね。ママがすこしでもえがおでいられるように、くるしみをわすれられるようにしてあげてください。

ヴィリー・ルッツは、一九一四年に二十三歳。ドイツ軍、第二百四十六連隊所属、曹長。一九一六年六月三十日、ロルジー近郊の前線で戦死。この手紙は死の二日前、姉メラニー宛てに書かれたものである。

１９１６・６・２８

今月二十三日付の手紙、ありがとう。お金も届いてる。手紙、本当に嬉しかった。おだてるつもりはないけれど、とてもやさしく、愛情のこもった手紙で感動したよ。言いたいことはよくわかったし、いつも本当に気持ちが伝わってくるんだ。僕はまだ時々、ルイーゼに曖昧な態度をとってしまう。前にも、善良でやさしい彼女にそういう態度をとってしまったことがあるし、今もそうなんだ。

正直なところ、僕は今、非常に難しい状況にある。ルイーゼを愛しているし、尊敬しているし、大事に思っている。結婚も考えている。でも、こんな不安定な状況のなかでプロポーズしてもいいのだろうか。そんなことできるだろうか。いや、そうすべきなのだろうか。したからといって何が変わる？　明日、僕は弾に当たって不自由な身体になるかもしれない。そうなったら、どうする？こんな状態で愛するルイーゼに妻になってほしいなんて言えるだろうか。結婚したって、何になる？

そりゃあ、確かに、彼女が「イエス」と言ってくれれば僕は嬉しい。でも、そんなこと考えられない。僕にとって結婚というのは、もっとずっと大事なことだからこそ、怖いんだ。

実は落ち込んでいるんだよ。もう四日、ルイーゼから手紙が来ない。僕がどんなに手紙を心待ちにしているか、彼女はわかっていないのかな。もう四日間、僕は同僚に「ほかに手紙はなかった？もうずっと待っている手紙があるんだけど」と尋ねてばかりいる。でも、答えはいつもノーだ。明日の夕方からは塹壕（ざんごう）に入る。もしかするともうルイーゼから手紙を受け取ることはできないのかもしれない。とても落ち込んでいる。こんなに意気消沈したことはない。何だか予感がするんだ。少しでも勇気を出そうと、僕は自分に言い聞かせる。「僕は兵士だ。兵士である限り、兵士である。今は大変な時期だからこそ、各人がその任務を極限まで果たさなくてはいけないんだ」ってね。兵士の自覚はもっている。でもね、メラニー姉さんだけに打ち明けるけど、僕はもう以前のような兵士ではなくなった。何がいけないんだろう。姉さんはもう答えを予想しているかもしれないね。あの燃え上がるような愛国心、開戦当時の高揚はどこにいってしまったのだろう。どこを見ても、もはや痕跡すら見られない。それは同僚だけではなく、上官たちにも言えることだ。

そんなことを思うと、胸がむかむかする。もう大砲にもうんざりだ。自制しなくてはいけない。部下たちの手本にならなければと思う。この先、どんな時代になるというのだろう。新兵のなかにいい奴がいる。戦争前は教師をしていたらしい。死んでしまったフーリンガーと僕はこの元教師と仲よくなった。彼も僕と同じ階級で、第二大隊の曹長だった。フーリンガーの死の数日後、今度は彼が撃たれた。銃弾は肺と内臓を貫通し、かなりの重傷だった。それでも、彼は命拾いし、ドイツの病院から年長の曹長に手紙をよこした。僕はその曹長から手紙を見せてもらったんだけど、そこには「狂人の収容施設と刑務所をつくるべきじゃないか」と書いてあった。ああ、どうしよう、姉さんも、こんなことは知りたくないかもしれないね。こんな話はやめたほうがいい。そんなことより、ようやく時間ができて、気力も取り戻し、やさしい姉さんと手紙で語り合うことができた嬉しさを書かなくちゃ。姉さんが気を悪くすると困るけど、僕はジュリーや弟のアルフレッドのことも大好きだよ。でもね、メラニー姉さんと話しているときがいちばんわかりあえる。でも、僕は姉さんたちや両親、ルイーゼに対して罪悪感をもっている。いつかは罪悪感から解放される日が来るんだろうか。無理そうな気がする。

今夜、初めて、家主の女性《ドイツ兵はフランスの村を占拠し、住居を提供させていた》と話をした。いろいろ話をするうちに、彼女たちが毎日、戦争が早く終わるように神に祈っていることを知った。彼女たちは僕に対し、僕も同じように祈っているかと聞いてきた。僕は何も答えなかった。すると彼女たちはこう言った。「戦争は大いなる不幸です」二人とも夫は前線にいるらしい。手紙も新聞も届かず、パンも石炭もない。すべてドイツ軍の支配下にあるという。片方の女性が僕に愛用のミシンを見せ、十五年故障知らずで実にいいミシンだと言いだした。近づいて見てみると、「シンガー」のミシンだったので、僕は彼女に「これはドイツ製ですよ。ドイツはいいものがたくさんあるんです」と言った《原注：米アイザック・メリット・シンガーが創業したシンガーミシンにはドイツ支社があり、フランス人女性の使用していたシンガーミシンはドイツ製だった》。すると、彼女は笑いながらうなずき、「ドイツ兵も優秀ですが、素直すぎる。ドイツの新聞に書いてあることをうのみにしてしまうんですから」と答えた。もっと書きたいことがあるけど、今日はこのへんで。すでに便箋八枚だからね。ああ、本当にもう。長く冷たい戦争にはもううんざりだよ。

姉さんだけはこれからも今までと同じでいてほしい。やさしい姉さんへ。弟より敬愛のキスを。

ヴィリー

ジョゼフ・ジルは、ランド県出身の農業技術者で毎日妻に手紙を書いていた。一九一六年八月二十日、交替時に砲弾の破片を受けて戦死。享年三十七。

1916・8・6

マリーへ

今日は日曜日。丸一日休める。セリジーの教会で朝九時から軍のミサがあったので、行ってきた。君は驚くにちがいない。戦争前、僕はほとんどミサには行かなかったから。今は、できるかぎり行くようにしている。僕が子供の頃みたいに、まじめな信者に戻ったこと、信じてくれるかい。君と僕の間に隠し事はない。僕の思うこと、なすこと、すべて打ち明けよう。

ミサに行くようになったのは、怖い目にあってつらくなったからだ。戦争前にはまったく考えもしなかったことを考えるようになった。

君といた頃は、仕事で忙しく、多少の趣味もあった。自分が戦地に行くことなど想像さえしなかった。その時々の「今」しか眼中になかった。でも、趣味も娯楽も奪われ、砲弾や銃弾が死を予感させるようになり、何時間も銃眼の前でじっとしていると、初めてものを考えるようになった。そして、僕は本気で神について考えるようになった。仲間の間でも、けっこうそれが話題になっている。ほらね、そういうわけだ。言いたい奴には言わせておけばいい。でも、君はわかってくれるよね。

ジョゼフ・ジル

F・G少尉は、父宛ての手紙に恐怖の日々を綴っている。多くの兵士にとって、手紙を書くことがセラピーだったのである。恐怖を告白し、外に吐き出す。自分ひとりで抱え込んでいたら、どうにかなってしまいそうだから、彼らは恐怖を語らざるをえなかったのだろう。

1915・6・11

つい最近体験したばかりの戦場の様子を書きます。同情したり、心配したりしないでいいよ。むしろ、こうした恐怖を味わうことから、本当の意味での闘う勇気が湧いてくると思うんだ。

（中略）

天気は快晴。実に筆舌に尽くしがたい光景だった。木も草もなく、ただ黒々とでこぼこした大地が広がり、ドイツ兵、フランス兵の死体や、壊れた武器や、あらゆるものの破片が転がっているんだ。そこに熱い日が照りつけ、悪臭が漂い、青っぽい蠅が群れをなして飛んでいる。それでもなお、砲弾が落ちてきて、あちこちに泥を散らし、大穴をつくりつづけている。何時間も這いつくばった挙句に、死体の砦を築くことになる。僕らはＰ２と呼ばれる地点に到着した。Ｐ中尉が退避壕のなかで待っていた。まずは地図を広げる。伝令が、第一線が攻撃されていると告げに来た。すぐに竜巻のような勢いで、砲弾が襲いかかってきた。十分間に二百十ミリ砲弾が十六発落ちてきた。十七発目が、僕らのいる退避壕の上に落ち、天井の合板がぎしぎしいったかと思うと、崩れ落ちてきた。誰かが声に出して痛悔の祈りを唱え始め、あとはもうわからない。すべてがぐらぐらと揺れ、想像を絶する爆発音がし、ガスで息苦しくなり、何が何だか……真っ暗になったので、僕は周囲を手でさぐってみた。僕らは、崩れた退避壕に閉じ込められていた。ろうそくに火をつける。二人の仲間は無事だった。手だけで出口を掘り進んだ。僕がいちばん細かったので、柱と柱の隙間を通り抜けることができた。外に出ると、空は変わらず青かった。でも、地上の光景はすっかり変わっていた。三百四十ミリ砲弾が僕らのいた場所から六メートルほど先に落ち、二十人が死亡。深さ三メートルの大穴があいていた。僕らは紙一重で助かったのだ。

F・G

サン＝シール陸軍士官学校出身の将校、ジョルジュ・ペタンは司令官だった。彼は大戦のほとんどを、ギリシャ戦線で過ごした。彼は毎日、妻と三人の子供たちに手紙を書いていた。一九一八年、彼の子供は七歳、五歳、三歳だった。同年九月十五日、ソコルの戦闘で死亡。

1918・3・5

夜十時

かわいい子猫ちゃんのような僕の奥さんへ

（前略）君たちが物資の不足に悩まされていることを思うと、パンや肉、砂糖をとるのも何だか気が引けるよ。今のところ、ここギリシャには食べ物が充分にある。あとは菜園で野菜でもつくりたいところだ。いろいろ試してはいるが、人手が足りない。何しろ、塹壕（ざんごう）を掘り、そこを守り、新入りを訓練し、敵とも闘わなくてはならないのだから。ね、人がたくさん必要なわけがわかっただろう。今日何をしたか、聞きたいかい？　軍事機密はもらせないけど、ご要望に応えよう。昨日と今日のことを書いてみるね。

日曜日

七時十五分起床。

七時十五分一秒、暗号化したキスを君に無線で送信。愛に距離などない。

七時半、身支度終了。夜または明け方に届いた郵便物を確認。

八時から八時二十分、小さなバラックでミサ。十人ほどでぎゅうぎゅうになりつつ、立ったまま祈る。

八時二十二分から十一時　点検、相談、会議。将軍に質問し、様々な事項を確認。

十一時から十二時、昼食。

十二時から午後一時半、午前中の検討事項について再考。

一時半、車で行けるところまで行き、あとは桑畑のなかを歩き、土がむき出しになった渓谷を過ぎ、大隊長が統括する地域まで行く。大隊長と話しあう。

五時、本部に戻る。書類にサイン。さらに検討事項について再考。将軍に重大事項を報告、さらに議論を重ねるうちに七時半になる。

七時半から夜九時、夕食、雑談。

九時から十一時、報告書や軍内部の細々とした書類、計画書などに目を通し、明日、将軍に渡す書類を準備する。

十一時、就寝。一日が三十六時間あったかのように眠気がやってくる。君へのキスを暗号化して無線で送信。

月曜日
七時十五分起床。ズボンも履かないうちに将校が来て扉の前で待ち構えていたので、十分待ってもらう。午前中は昨日と同じ。平日なのでミサはなし。午後は昼食が終わるとすぐに報告書を読み、その後も検討すべき事案が続出。飛行隊の代表と雑談少々。今後なすべきことや、連携について。午後五時、書類に署名ほか事務。夜九時、まだ雑務が残る。愛する君に手紙、でもまだ書き終えてないね。今、夜の十時半。急流が波立ち、砂利を運んでくるので川底がいっぱいになりそうだ。発電機のモーターがずっとうなりをあげている。外はもう夜で真っ暗。僕は心のなかで君に話しかける。可愛い奥さん、人生の伴侶、大好きな君、では、また明日。愛しているよ。君が僕のすべて。

ジョルジュ

第二百二十六歩兵連隊の無階級兵士ジャン・マンドは、友人のジャン・ギィに手紙を書いている。ギィは、中佐だったが、上官と意見の対立があったのか、ブルターニュ地方に左遷されていた。

1918・7・11　木曜日

ジャンへ

僕は今、廃墟となった屋敷にいる。舞踏会でも開けそうな大ホールに宿営しているんだ。自動ピアノがあったので、兵士のひとりがいじってみたところ、動き出した。このピアノから流れ出るメロディーを聴いていたら、もつれた糸のような思考が途切れ、何だか冗漫な手紙になりそうです。この連隊はけっこう居心地がいいんだ。もうちょっとまとまりがあればとも思うけれど、何しろ、まったく違う環境で育った人間が集まっているのでね。僕以外にも、フランドル《ベルギー西部からフランス北部の地域》出身、ブルターニュ《フランス北西部》出身、地中海系からパリ出身まで、古参兵も若い新兵もいる。上官もだいたい感じのいい人たちだが、当然ながら例外もいる。一部の職業軍人は見栄えにこだわりすぎる。いつも後方にいるばかりで、前線から遠いところにいる。僕自身、そんなに優秀な軍人ではないから、批判は控えるけれど、見ればわかるんだ。

（中略）

僕はどうして君にこんな話をしているんだろうね。たぶん、上の階級にいる君は、僕よりもずっと前から戦闘員の心理をじっくり観察してきたのだろう。ただ、僕は、一兵卒として彼らと接しているから、その姿を間近で見ることができる。皆によろしく。じゃあ、ね。

ジャン

断章　夏

１９１５・８・５

　君に話そうとして忘れていたけど、七月十三日、十四日、ドイツ兵たちは酔っぱらっていた。彼らの突進は見事だったけれど、僕らの銃剣を前に、列を乱した。それでも、まるで正気を失ったみたいに、危険を顧みずまっすぐやってくるんだ。開戦当初、身を隠しながら攻撃をしてきた兵隊たちとは明らかに別人だ。胸をこちらに差し出さんばかりに直進してくるのだから。当然のことながら、すぐに全滅だ。彼らは大量のアルコールを飲んでいた。しかも、そのアルコールには何か薬品が入っていたとしか思えない。というのも彼らの死体は、地面にほったらかしにしておいたところ、わずか二日で石炭のように真っ黒になり、異様に膨れ上がったのだ。フランス兵の死体がそんなふうになったことはない。そいつらは皆、メッツから来た兵士で、装具も新しく、十九歳から二十歳の新兵だった。

エミール・ソトゥール

1914・8・3

母さんへ

この手帳を誰に託そうかとても迷った。生きているうちに見られたら困るものだからね。僕の不純な部分は知られたくないから、テレーズに託すのはやめておいた。

今日は、動員されて二日目。とつぜん、僕にはわかった。この世でただひとり、この手帳を託すのにふさわしい人、僕を愛してくれている人、自分のことよりも僕のことを優先してくれる人、どんなに離れていても、どんなに間に他人が割り込んできても、僕とつながりつづけ、僕に命を与え、僕の生活を支えてくれた人、それは母さんだってことにね。

モーリス・マレシャル

1915・7・19

僕はもはや骸骨でしかない。僕の顔は伸びた髭と埃の膜に覆われ消えてしまった。僕はまだくたばってない。乱暴な言い方だけど、軍隊では乱暴な言い方が流行りなんでね。

エミール・ソトゥール

最後の秋

Dernier automne

最後の秋。葡萄の収穫は遅れ気味。農民は堆肥をつくり、兵隊は極限の殺し合いに挑む。「撃ち方、やめ」の声。四年前の開戦時と同じぐらい唐突な平和の訪れ。最後の季節。廃屋を片づける季節。荒涼とした風景、不毛の大地。痕跡。最後の手紙。遺言。死亡手続き。身辺整理。結果の季節。休むに休めない兵士たち。平和になっても続く悪夢。寡婦、孤児。退役軍人、忘れられていく者たち。身元不明の死体と行方不明者。勝利の季節。凱旋パレード、スペイン風邪《インフルエンザ》の流行。酒が手離せなくなる復員兵。喪章と喪服の季節。賠償金、義手、装具。皆が見て見ぬふりをする顔面の傷。腕や足を失った者、寝たきりになった者、視力聴力を失った者、ガスの後遺症。負傷兵たちのその後。帰ってきた捕虜。帰ってこられなかった捕虜。占領軍。誰も気づかないうちに、もう、次の戦争、二十年後の戦争に向け、種が撒かれていた。第一次世界大戦を生き抜いた兵士のなかにはこのときの勲章に加え、その後新たに星を与えられた者もいる。勲章と呼ぶには重たすぎる、黄色いダビデの星を胸につけさせられたのだ。

アンリ・ランジュの父は、パリで会社を経営していた。ユダヤ人の家系に生まれ、先祖がアルザス地方に定住、その後、パリに出て数世代にわたってパリで財産を築いてきた。一九一五年、アンリは、十七歳の誕生日にパストゥール高校を中退し、そのまま軍に志願した。彼は妹のエレーヌに頻繁に手紙を書いていた。まだドレフュス事件《ユダヤ人のドレフュス大尉がスパイ容疑で逮捕された冤罪事件》の影響が残るフランスに育った彼は、自身の出自を意識し、祖国への「借り」を返そうとした。こうして彼は自ら危険な前線配置を希望したのである。一九一八年九月十日、彼は小隊の先陣を切り、二十歳で戦死した。この手紙は死の前日、妹宛てに書かれたものである。

1918・9・9

エレーヌへ

時折、淡い希望が生まれては消えた時期があったとはいえ、四年の間苦しんだ君にも、祝福の兆しが見えるでしょうか。君にとっては待ちに待った祝福だ。

僕の今いるところから数キロ先のあたり、ご婦人がたは通ることのない、砲弾の煙立ち込める道の先に、勝利の光が見えてきました。長い試練でしたが、出口が見えてきたのです。エレーヌ、喜んでいいのですよ。

数日前に、君の手紙を受け取りました。君は、僕が充足を得ること、努力が報われることを祈っているど書いてくれましたね。ありがとう。でも、祖国の勝利に貢献できるというだけで、もうすでに僕は少し、ほんの少しだけでも幸福に思うのです。夢がかなうのですからね。

昨日の夜、前線からは遠い、ドイツ軍に占領されていた町で、僕たちの隊は休憩をとりました。そしてとても嬉しいことがありました。うちの隊の兵士たちのおかげで僕は自分に満足することができました。彼らは、実に感動的な言葉で、僕の下で闘えてよかったと言ってくれました。僕は思わず涙ぐんでしまった。僕らは任務を果たしました。でも、僕は、非常に用心深く、慎重にしています。僕は犠牲を出さずにすんだこと、とるに足らぬほどのわずかな損傷だけで隊を維持できたことを嬉しく思っています。

今は、戦闘を離れています。残念です。ドイツ兵を追い払い、フランスに奪い返したこの地を歩むことは僕にとって至極の悦びなのです。時々手紙をください。楽しみにしています。

アンリ

第九ズアーヴ部隊《フランス植民地アルジェリア・チュニジア出身の兵士》の軍曹、ルネ・デュヴァル。アルザスの軍人一家に生まれた彼は、陸軍幼年学校《軍人の子弟に初等教育を行う学校》を卒業している。幼

くして両親を失った彼は、年齢を偽って十六歳で軍隊に入り、イゼール、アラス地域の戦闘に参加、その後、十七歳で軍から表彰される。戦闘中に負傷し、一九一五年十月五日に死亡。この手紙は、死の前日、リセで学校付き司祭をしている叔父に宛てたもの。

1915・10・4　ある村で

叔父上へ

ようやく一息つけたので、僕が戦場で体験したことを書いておくね。

僕らは森のなかでウサギのように怯えながら待機していたのだが、夜を待って出発し、重砲隊に合流した。そこから連絡壕に入ったんだ。砲撃は恐ろしいばかりだった。隣にいる兵士の耳元で叫んでも何も聞こえないほど。大地が震える。重傷を負った兵士がゆっくりと運ばれていく。さらに泥だらけのおぞましい姿をした捕虜たちが僕らのわきを通り過ぎて行った。よく見れば端正な顔立ちの青年だったり、背の丸くなった老人だったりするのだ。老兵たちは僕らを憐れんでいるようにさえ見えた。でも、背の高いプロシア人が横柄な態度でやってきたので、僕らの隊の誰かが足をひっかけて転ばせた。そいつは六メートルほど転がり、うろたえていた。そのあと、僕らの隊は連絡壕を進んでいった。秩序を乱す者はいない。少しずつ、砲弾が飛び交い始めた。夜になったので、僕らは連絡壕の底、地面にじかに横になった。寒かった。そのうえ、雨まで降ってきた。雨が白い筋になって流れ込み、粘土質の土が崩れ始めた。一時間もすると僕らは泥だらけになり、寒さに震えていた。そうこうするうちに、ようやくだらだらと夜が明け始めた。僕らは再び歩き出し、七十五ミリ軽砲のところまで来た。空には飛行機が飛び交い、砲弾が右に左に落ち始めた。七十五ミリ砲も怒号をあげ、風を起こす。とつぜん、つんとした匂いがしたかと思うと喉が詰まり、涙が流れ出した。毒ガスだ。あわててマスクとゴーグルをつけた。十五分は苦しみが続いた。このマスクで、本当に防護できているんだろうか。しばらくすると、ようやくガスは薄らいできた。それでも、臭いは残っていて、涙は止まらない。でも、大丈夫。「進め」の命令が出た。歩兵隊は攻撃を続け、前進してゆく。僕らもそのあとに続いた。僕らは、フランス軍第一線の塹壕に入った。塹壕に入ると、胸土《塹壕前部の盛り土》に穴があって、頭部や胸を撃ち抜かれた歩兵が倒れ込んでいた。軽騎兵は武器を構えており、塹壕の隅では、馬が恐怖に目を見開き、今にも息絶えようとしていた。僕らは塹壕を出ると、身をかがめて野原を進んだ。先頭はレイモン。彼が足を引きずりながら進んでいくので、僕は心配になった。彼が死ぬなら、僕も死のうと覚悟を決めた。敵は僕らを見つけたのだろう、頭上で砲弾が爆発した。機関銃士と通信兵がふっとんだ。野原には、青空と同じ色の軍服を着た軽騎兵の死体がまるで人形のように転がっていた。乗り手を失った軍馬がさまよい、死者に向かって嘶き声をあげていた。僕は瀕死の馬の横を通り過ぎた。砲弾の破片が刺さり、その腹からは臓物が流れ出ていた。馬は白目を向き、鼻を鳴らしていた。その向こうには、脚を切られた馬がいた。立ち上がろうとしては崩れ落ちる負傷兵も。軽砲兵隊はあわてて配置につくが、弾の雨が降ってくる。連結器が落ちる。弾薬運搬車が爆発する。でも大丈夫。すぐに連結器をはずし、装塡を終えると七十五ミリ砲が弾を吐く。息が詰まる。後ろでは、車輛が制御を失い、運転士を跳ね飛ばしている。僕らは丘の中腹に腹這いになっていた。そこから離れたところでは、衛生兵が救護所の準備をしている。多数の負傷者がやってくるからだ。僕らは前進した。隣には曹長がいた。僕らはドイツ軍の塹壕に侵入した。鉄条網には、兵士や馬の死体が絡みついている。歩兵隊はすでにここを通過したのだ。死体がそれを教えてくれる。ようやく、ドイツ兵の死体も見つけた。ひとり目は大柄で若そうな兵士。鷲鼻の横顔がいかにも勇壮な感じの奴だ。手を胸に当てたまま硬直していた。ドイツ兵の死体の上を進む。退避壕のなかには、右にも左にも、不意をつかれ、手榴弾やナイフで殺されたとおぼしきドイツ兵の死体があった。死体はどれも、ごく自然な姿勢をとっていた。膝に紙を置き、何か書いていたらしき者。開いた包みを前に、バターをつけたパンを片手に持ち、頰張ろうとしたまま絶命した者。まったくの不意打ちだったのだろう。丘のてっぺんにつき、向こう側に入る。ここでいったん休止。五百メートルほど離れた向こう側にドイツ軍を確認。フランス軍の歩兵隊が戻ってくるのが見えた。砲弾が降り注ぎ、死者多数。塹壕で、僕のすぐ横にいた少尉候補生が、立ち上がるなり撃たれた。彼の血が僕の上にしたたり、僕を真っ赤に染める。退避壕は、負傷兵でいっぱいだった。僕らは攻撃の機会を待ち、缶詰で腹ごしらえをした。怪我をした歩兵がこれまでの経緯を説明してくれた。

そのときだ。とつぜん、大きな音がして、僕は地面にたたきつけられ、上から土がかぶさってきた。ちょうど僕のすぐ上の胸土のあたりで砲弾が爆発したのだ。瞬間、僕は自分が死んだと思った。次に手で周囲をさぐり、ああ無傷だと思った。だが、顔に生ぬるい血が流れているのを感じた。ヘルメットをはずしてみると、頭に穴があいていた。横にいたズアーヴ兵は死に、負傷者が六人いた。手にも砲弾の破片が刺さっていた。曹長が僕の名を呼び、大急ぎで包帯を巻きながら言った。「下がれ。すぐに病院に行け。フランスに帰れるぞ、よかったな」でも、僕は残ることにした。僕はレイモンの隣に腰を下ろした。レイモンは僕の怪我ですっかり取り乱してしまっていた。先行していた中隊が丘のてっぺんで散開隊形に入り、攻撃を始めた。僕らの場所からは彼らが蠅のように次々落ちてくるのが見えた。皆、友人だった。中隊長や、階級付きの士官たちも殺された。残りは、頂の向こう側、敵陣の側に消えたので、どうなったのかわからない。夜が更けたので、そのまま横になる。レイモンは僕を退避壕に入れて、出入り口に立ち、曹長やほかのズアーヴ兵と話し始めた。そのとき、とつぜん、どんという音とともに、砲弾が来た。レイモンが頭から僕のほうに倒れ込んできた。曹長は片腕がちぎれ飛び、ズアーヴ兵のひとりは頭がぱっくりと割れていた。別のズアーヴ兵は背中がへこみ、もうひとりは喉に傷を負っていた。曹長は、僕に「俺と来い、命拾いしたな」と言い、去っていった。レイモンは気絶しただけだった。僕らは身を縮め、頭がぼうっとしたまま、へたりこんで眠ってしまった。夜明けから再び反撃に出たが、その間にも同じ分隊の者が負傷し、さらに死者が出た。その後連絡壕に逃げ込んだが、そこも激しい砲撃を受けた。すぐ横の機関銃手たちは、三十人中二十五人がすでに死亡していた。衛生兵が頭部を拾って箱に入れていく。恐ろしい光景だった。弾薬、機関銃、死体がごちゃごちゃになっているのだ。とつぜん、悲鳴のような声があがる。「下がれ！　来るぞ来るぞ！」壕のなかは押し合いへし合いになる。ズアーヴ兵は、ドイツ兵が来たと思ったらしく、壕から出ると散開隊形になり、敵を待ち構える。だが、違った。降ってきたのは弾丸の雨だ。うちの分隊の四人がやられた。それを見て僕らは、最初にいた小さな塹壕に戻った。そこで僕はレイモンを見つけた。僕らは少しばかり落ち着いて中隊の状況を確認し、しばらく待機することにした。目の前にあるのは、短い草と、モミの木がちょろちょろ生えているだけの陰気な野原であり、隠れる場所はない。銃弾が風を切る音がする。司令官と大佐が死んだ。僕らは再び穴のなかで夜を待った。暗くなったところで、レイモンが「進め！」と指示を出した。僕らは塹壕を出てドイツ軍の側に向かった。濡れた草のいい匂いがした。月は雲で半分隠れていた。時々、砲弾の穴に足をとられた。正直なところ、泥だらけの塹壕にいるよりは、こうして敵に向かって歩くほうが気分がいい。時折、ドイツ兵が急ごしらえの塹壕から照明弾を投げてくる。僕らが何をしようとしているのか確かめるためだろう。照明弾が光ると僕らは地面に伏せ、暗くなるとまた進む。とつぜん、激しい銃撃が始まった。僕のすぐ横にいた二人の兵士が叫び声とともに倒れた。敵の塹壕はすぐ目の前、鉄条網の向こうだ。僕らは敵の塹壕を目前に、地面に伏せ、敵から身を守るための穴を掘り始めた。僕の後ろには、腿に銃弾を受けた兵士がいた。そいつが水がほしいと言うので、僕は立ち上がり、奴に水筒を渡し、腿の傷の止血をしてやろうとした。するとそいつが大声を出して倒れた。銃弾が僕のすぐ横を通過したのだ。僕はとにかく必死になって穴を掘った。包帯がはずれ、ヘルメットのなかで傷がこすれて、激痛が走った。熱もあったと思う。それでも、必死に掘った。先ほど僕に水を求めたキムノヴが、僕に向かって叫んでいる。「上等兵殿、連れて行ってください。妻が、子供たちが待っているんです」僕は立ち上がり、彼を背負った。だが、彼は痛みに声をあげ、その声を狙って銃弾が飛んできた。弾丸は僕のヘルメットに当たって跳ね返った。運ぶのは無理だ。僕はせめても盾になるように背嚢を彼の前に置いてやり、衛生兵が到着するまで、また必死に穴を掘り始めた。パンという音がしたかと思うと、隣にいたビセルデーが頭を撃たれた。僕の掘った穴に血が流れ込んでくる。飛んできた銃弾がヘルメットに当たる（ヘルメットは本当に貴重だ。穴が開き、ぼこぼこになったヘルメットに戦友のような愛着を覚える）。僕も傷口が痛み、体力の限界だった。仲間がブランデーの入った水筒を差し出してくれた。少なくとも半リットルは飲んだと思う。それからさらに穴を掘った。衛生兵が来てキムノヴを運んでいった。僕の後ろにはレイモンがいて、他のズアーヴ兵と一緒に司令拠点をつくろうとしていた。僕はツルハシで自分の手を傷つけてしまった。疲れ果てていたのだ。疲れすぎて穴のなかで眠ってしまった。目が覚めると、すでに夜が明けていた。もう顔をあげることも、足を伸ばすこともできない。ドイツ兵がこっちを見ているからだ。身体を丸め、手足を折りたたみ、空腹と渇きで苦しくてたまらなかった。正午頃だろうか、デラマールがちょっとだけ頭をあげた。パーン！　奴は頭に銃弾をくらい、僕の上に倒れ込んできた。僕は彼の頭に包帯を巻いてやったが、それから二時間、彼は断末魔の声をあげつづけた。「衛生兵、衛生兵は……。もうだめだ。さようなら」とつぜん、奴は垂れ流した。ケツから流れ出した汚物と血でどろどろだ。最悪だ。あまりの悪臭に僕も吐いてしまった。こうして丸一日、僕は血の海のなかにいた。右、左と仲間が命を落としていく。夜が来たので、僕らはそれぞれの穴をつなげ、さらに深い穴にした。死者は増えつづける。もう上官はほとんど残っていない。有志が敵軍の小要塞まで偵察に行くことになり、僕と軍曹ともうひとりの上等兵が志願した。砲弾でできた穴から穴へと伝いながら進み、ドイツの塹壕から六メートルの位置にある鉄条網のところまできた。音を立てずに鉄線をくぐる。ドイツ兵がツルハシや鋸(のこぎり)を使う音、話し声が聞こえてきた。とつぜん、横にいたズアーヴ兵が猛スピードで這ったまま後退していく。どうしたのかと尋ねると彼は「敵だ。お前の目の前、そこ！」と言う。ちょうどそこへ照明弾があがり、僕の真ん前、六メートル先にベレー帽を被ったドイツ兵が見張りに立っているのが見えた。向こうはまだ気づいていないようだ。僕は草のなかに身を沈め、照明弾が消え、闇が戻るのを待って、後方に下がった。僕はドイツ兵を撃たなかった。もしあのとき、僕が撃っていれば、塹壕にいたドイツ兵が全員目を覚まし、僕は殺されていただろう。結局、六日間も小さな塹壕で激闘が続き、大量の死者を出すこととなった。この戦闘の功績で僕は軍曹に昇格した。その後、ようやく交替になった。僕らは、ボーセジュールの小要塞で一日過ごした。レイモンはそこでドイツ兵から戦利品をせしめていた。地下室にはドイツ兵の死体がたくさんあったので、そこから頂戴したんだ。今は、一キロほど後方の村にいる。今夜には戦線に戻る。

叔父さん、僕、軍曹になり、表彰されるんですよ。十字勲章をもらえるんです。僕がどんなに嬉しがっているか、想像つくでしょう。

ルネ・デュヴァル

ジュリアン・クリストルは、一九一四年当時、二十二歳。

1914・10・15　サン・ドニにて

父さんと母さんへ

サン・ドニを出て、前線に向かう前に、言い残しておきたいことがあります。僕は思い残すことなく、聡明かつ清澄な気持ちで出立したいのです。

クリストル家の名に恥じないようにしたいと思っています。先祖から引き継いだ唯一の財産、そして最も美しい財産がこの名前ですから。父さんも母さんも、どんな犠牲を払おうとも、自分のなすべきことをなせと僕に教えてきましたね。今がまさにそのときなのです。女子供の命を奪い、先祖の築いた文化遺産を破壊し、人間を獣にしてしまう奴らを退治してやらねばなりません。美しいフランスから敵を追い払いましょう。そのための総力戦なのです。先祖たち、そして普仏戦争の戦士たちは命をかけてフランスを守りました。彼らに恥ずかしくないよう、僕たちも命を捧げましょう。

僕は皆の祝福を受けて旅立ちます。お二人とも僕のことは諦め、最後の犠牲に備えていてください。この手紙が開封されるとき、僕はもうこの世にいないでしょう。でも、僕はあなたがたのやさしい心の奥に存在しつづけます。息子たちを恥じる必要はないでしょうし、きっと誇りに思ってもらえることと思います。

思い残すことはありません。ただ時々は、甥っ子たち、特にピエールに僕の話をしてくださいね。サン・ドニで過ごした最後の日々、ピエールと過ごした時間は僕の宝物です。

愛しいアンドレのことを頼みます。僕から頼まれなくてもそうしてくれるとは思うけれど。僕は彼女を幸せにしようと思っていたのに、結果として彼女の人生を台無しにしてしまいました。僕らの夢見た未来は美しすぎたのです。状況が変わってしまいました。

父さん。もし彼女がそれを望むなら、すでに父を失った彼女のために、父親がわりになってやってください。父さんたちが僕の死亡通知を送れば、彼女もわかってくれるでしょう。彼女は僕を本当に愛してくれたし、彼女はその愛にふさわしい見返りを受けるべきです。僕と彼女は魂も心も一つにし、考えることも一緒、あとはただ聖別を受けるだけのはずでした。

僕の願いはここに書いたことぐらいです。父さんたちがこの手紙を読むことがないよう心から祈っています。

心をこめたキスを。父さんと母さんは僕にいつもやさしくしてくれた。でも、僕ら家族が幸せなときを過ごしたあのヴァンヌの家は、ドイツ兵によって壊されてしまいました。ことをなすのは人、ことを決めるのは神《人が何をしてもあとは運次第ということわざ》。父さんたちが皆を幸せにしてきたように、僕ももっと親孝行がしたかった。でも、どうか悲しまないでください。あなたたちの息子が死ぬのは、フランスのため、正義のためなのです。では、さようなら。

ジュリアン・クリストル

父さん母さんへ

ジャック＝ジョルジュ＝マリ・フロワサールは、一九一四年当時、十七歳。パリ在住、弁護士の息子だった。一九一六年四月末に志願して入隊、最初は通信兵、その後、自ら希望して第二百十七砲兵隊に。一九一八年九月十四日、砲弾の破片を心臓に受けて戦死。

この手紙を父さんたちが読んでいるとき、僕は神様によって名誉ある死を与えられていることでしょう。それこそまさに兵士としてキリスト教信者として僕が望んでいた神聖な最期です。戦場における死であろうと、野戦病院の寝台の上であろうと、志願を決めたその日から僕にはもう覚悟ができています。悔いることも悲しむこともなく、心を決めたのです。僕がいなくなることで、父さんたちがどれほど悲しむかはわかっているので、泣くなとは言えません。でも、僕が埋められた地を見ようとはしないでください。それよりも顔をあげて空を見てください。神様は僕の行動をご覧になっていて、天国に僕のための場所を用意してくださることでしょう。

僕のために祈ってください。僕は完璧にはほど遠い人間だから。僕は、亡き人たちとともに父さんたちを見守っていきます。今の僕があるのは、父さんと母さんのおかげです。僕の感謝の気持ちが、少しでも父さん母さんの慰めとなりますように。そして、父さんたちが僕のお願いを聞き入れてくれますように。お願いというのは、僕の妻を父さんたちの本当の娘としてこれからもそばに置き、大事にしてやってほしいのです。僕がいなくなったあとも、妻は僕が彼女をどんなに愛していたか、知ることになるでしょう。時々、彼女に僕の話をしてください。僕は、自分に与えられた使命を果たそうと意気込んでいるのです。そう、クロード・ベルナールが言う松明（たいまつ）《医師クロード・ベルナールの「偉人は松明となり、後世の人々の導きになる」という言葉》となり、その発言や書き残した言葉によって人々を導くような人になりたいのです。みんなのために生きることを誇りとして、使命として生きたいのです。そんなわけで、最初、僕は作家になりたいと思っていました。僕の知る限り、最も高尚な職業だと思ったからです。物書きになれば良心の赴くままに生きてゆけると思いました。でも、もう父さんたちもご存じですね。僕よりも有能な人はたくさんいるのです。僕はまだ若いけれど、同僚には妻子のある者もいるし、聖職者もいます。彼らこそ、人を導き、フランス人を、そしてキリスト教信者をつくりあげていくために神に選ばれた人なのです。彼らに生き延びてもらうためにこそ、僕は自分の命を差し出そうと思うのです。僕は毎晩、神に祈ります。どうせ殺すのなら、彼らではなく僕をお選びくださいと。僕よりも素晴らしい人がいて、その人たちのために死ねるなら、本望です。

ジャック・フロワサール

ジャン＝ルイ・クロ少尉は、アリエージュ県リュークロ出身。実家は郵便局を兼ねた雑貨屋だった。妻リュシーとの間に三人の娘がいたが、うち二人は結核により終戦後に早逝(そうせい)している。ジャン＝ルイ・クロ少尉は、一九一七年四月十六日に砲撃を受けて負傷。太腿に重傷を負い、砲弾によってできた穴に避難した。これは、その直後に書かれた葉書である。だが、あとは署名して宛名と住所を書くのみというときに、彼は死んでしまった。おそらく、出血多量が原因であろう。救出にやってきた同僚が、

遺体の手に書きかけの葉書を見つけ、その他の書類とともに彼の遺族に送り届けた。

1917・4・16

妻へ、両親へ、皆へ

負傷してしまった。大したことがないといいのだが。リュシー、子供たちを頼む。もし、僕に万が一のことがあれば、レオポルドが助けてくれるだろう。太腿をやられて、ひとり、砲弾の穴にいる。もうすぐ、助けが来ると思う。最後まで君たちを思う。

作家アラン・フルニエ《代表作『モーヌの大将』など》、本名アンリ・アルバン・フルニエは、この手紙を書いたとき、二十八歳だった。宛て名のポリーヌ・ル=バルジは、彼が当時、愛人関係にあった女優シモーヌのことである。ポリーヌは、フルニエが最後に愛した女性だった。戦争が終わったら結婚するつもりだったようだ。だが、彼は結婚よりも自らの義務を優先させる。彼の作品『モーヌの大将』は一九一三年惜しくもゴンクール賞を逃したばかりだった。後方勤務も可能だったが、自ら志願して戦地に赴き、一九一四年九月二十二日にサン・レミ・カロンヌの森で戦死。

1914・8・20

愛するひとへ
愛している。僕は君のものだ。
永遠に。君のアンリより。
今夜、僕は初めてカポート帽を被った。実に腹立たしい。まるで、長髪が許されない中学生みたいだ。今夜は、妙な老女が僕の後ろをつきまとい「あなたは若いのに、隊を率いるなんて偉いわね」と言ってきた。僕はいつものようにこの声と厳しい表情で皆を導いていくのだ。君はそんな僕のことを好きじゃないみたいだけど。ああ、愛しい人、僕の天使、可愛い人、僕の妻になるべき人、ポリーヌ、美しい、僕の女神。

(中略)

頼みがある。君の写真がほしい。できれば、そこらの誰かに撮らせたものではなく、五スーで絵葉書をつくってくれるところがあっただろう。あそこがまだあればの話だけど。頼むよ、僕に君を眺める幸せをくれ。だって、君の写真はあちこちの雑誌に載っているけれど、ハサミで切り抜いた紙切れには、あの天使のような君の面影はない。僕が抱き、口づけし、この手で締めつけ、打ち、揺るがし、愛撫し、見とれ、わがものにしたあの女性の美しさを見ることはできないのだ。
僕は疲れている。今、僕は兵舎にいて、まだ戦争のなかにいない。これが戦争というものなのだろうか。中隊長は馬鹿で老いぼれだ。僕は退屈で泣きそうだ。中隊長のそばにいると、自分が疲れ果てた古参兵のような気がしてくる。（中略）
ああ、愛しい人、君が恋しくてたまらないときは、君の手紙を読み返す。青い便箋のなかに信頼と情熱を見出して安堵するのだ。オッシュ《ジェール県》で目にしたもの（へたくそな演説、国旗掲揚のごたごた、男どもが下品な声で笑う兵舎の雰囲気）のせいで、君の気持ちが冷めてしまったのではないかと心配している。犠牲の精神、勝利を願う清らかな気持ちまで失ってしまったのではないかしら。でも、僕らの愛だけは信じつづけていてほしい。日の出前から僕らは歩き始め、どこに行くかも知らないまま一日中歩きつづけ、農家の中庭で理由もわからないまま何時間も待たされている。そんな僕らのことを想像してほしい。僕らがどれほど忍耐強いか、愛する者を失う悲しみに耐えるため、どれほど信仰を必要としているか、想像してほしい。もうすぐ僕らは水浸しの塹壕のなか、寒さや泥に苛まれ、戦火にさらされるかもしれないのだ。もうこれ以上何も言わないでくれ。僕らのわずかな信仰心を奪い、僕らの足を切断しようとしているのは誰なのか、もうわかっているね？　君こそが僕の力のもと、徳の源泉。勇気も死を恐れる気持ちも君がいればこそなのだ。

子が母を慕うように君を愛する　アンリより

（後略）

マリウス・ソカズの一家は、代々リヨンで暮らしてきたのち、まずチュニジアに入植し、その後モロッコに移住した。父は公共工事を担う建設業者。一九一四年に二十歳前後だったマリウスは、本国で任務を果たそうと志願した。第一モロッコ地元民部隊の見習い士官となり、一九一八年九月三十日、フランスで戦死。

1918・9・27

パパへ

(前略)次の出撃で僕が命を落としても泣かないでくださいね。泣く必要はありません。僕はただ任務を果たしただけですし、ほかの兵士たちが皆そうであるように、美しい理想、大義のために死ぬのです。無駄死にではありません。幸せな死です。

あなたの息子であること、パパの兵士としての資質、ソカズ家の血を引いたことを誇りに思っています。そして立派な教育を受けさせてくれてありがとう。おかげで、僕は表面的な考えや感情と、本当に価値のある美しいものを区別できるようになりました。パパの息子でよかった。今のうちに言っておきます。というのも、この先どうなるかはわからないからです。進撃の際には、この名に恥じぬ戦いぶりを見せることをここに誓います。パパが大好きです。今までこんなふうに気持ちを表現できなかったけれど。ピエールのことも大好きだよ。パパとピエールに、息子として兄としてキスを。

マリウス

シャルル＝ルネ・メナールは、ナントの建築士だった。一九一八年、休戦時は四十二歳、三人の娘がいた。健康上の問題があったため、一九一四年に入隊したものの、関連施設にまわされ、戦地に送られることはなかった。この手紙を書いたとき、家族はサン・ブレヴァン・レ・パンで、スペイン風邪にかかり、一時は命もあやぶまれるほどの重症から持ち直したところだった。シャルル＝ルネは、この戦争で兄弟フランソワ、トマ＝ルイに加え、義弟のジャンも失っている。

１９１８・１１・１１

ナント工兵管区　メナール工兵隊技術士官より妻へ

君のそば、子供たちと一緒にいられないのが本当に残念だ。今、僕はブルターニュの小さな村、サン・ヴァンサンにいて、フランス全体が歓喜に沸くのを目にしている。朝九時にナントを出た。ナント滞在中に、休戦協定が締結されたと聞いた。だが、もう三日前からそんな噂があり、どうやら本当らしいと思ったものの、鐘は鳴っていない。公式発表を待つしかなかった。今朝、ナントの街は静けさを取り戻し、いつもより国旗の数が増えたような気がした。昨夜のうちに用意されていた勝利を祝う飾りも、もう半日ほど待つことになると思われた。

朝十時。サヴネー《ロワール・アトランティク県、ナント近郊》は静かだ。一部の上官はすでに休戦を知っていたようだ。

十時半。ポンシャトー通過。ここも静か。今日はひたすら車で進む。市役所の周辺に人だかり。でも、治安裁判所の傍聴に来た人たちだった。サン・ジルダ・デ・ボワ、ドレフェアック、フェグレアック、サン・ニコラを過ぎたが、何もなし。

十一時半。ルドン到着。人々のにぎわい。ちょうど栗の収穫祭で市が立っていた。栗や豚を売る人買う人でにぎやか。旗はあったが、大騒ぎというほどではない。

正午の鐘が鳴る。カンカンカンと三連打が三回繰り返される、いつもの鐘だ。

まだ待つのか。いや、何を待っているのか。なぜ待っているのか。スパ《現ベルギー、ドイツ軍の最後の拠点》に向けた書状が遅れているのか、それとも、期日を先に延ばす交渉があったのかなどと、つい、かんぐりたくなってしまう。マルトロワの街道を行き、渓谷を渡る。二時間ほど前から日がさしていたが、それでも、水かさの増えた渓谷の周辺は霧にくもっていた。薄汚れたつましい村々を過ぎる。静かだ。畑が広がり、古い風車があった。皆、何を考えて歩いていたのだろう。憂いを秘めた美しい風景を見ていたのか、戦争と平和に思いを馳せていたのか。特に警戒することなく、予定通りに道を左に折れ、村に入った。右側には旗で飾られた村役場、その奥にも旗で飾られた教会。あえぐような車のエンジン音が止まったそのとき、鐘が、教会の鐘が連打された。教会のなかから子供たちが走り出てくる。六十人、いや百人くらいいただろうか。モルビアン、サン・ヴァンサンの第三十小学校の子供たちが、頭上に国旗を掲げていた。列の最後尾には神父がいて、子供たちの背中を押し、さらに大声をあげさせている。大きな身振り手振り。車を降りると、近くにいた人々が僕らのほうに駆け寄ってきた。もう説明はいらない。ひとりの男性と数人の女性が来て、自分たちはRからの避難民だと告げた。彼らはただ「ちくしょう」とつぶやいただけだったが、僕にはわかった。彼らは荒らされた故郷、この三年間に払った多くの犠牲、そして避難の道のりと帰還を思ったのだ。

　神父と抱擁を交わす。彼が震える手で握りしめていた黄色い紙片は、新聞の号外だった。「休戦協定発効。本日十一時、戦争終結」村長のピオジェ氏と拳で礼を交わす。最近妻を亡くしたばかりだという村の名士にも挨拶。高らかに和平を告げていた、あの鐘を教会に寄進したのは、この人だそうだ。連合国は歓喜の声に沸いている。「フランス万歳！　アメリカ万歳！　フォッシュ万歳！　ジョフル万歳！」皆、神と兵士に感謝している。神父は教会の広場に堂々とたなびく聖心（サクレクール）派の大きな旗を指差した。各人が身内の犠牲者を思い、彼らの存在あってこそ、今このときがあるのだと思った。あふれる涙を誰も隠そうとしない。だが、その顔は笑っているのだった。フランスは笑顔だ。

ああ、君たちのところへ飛んでゆきたい。君や子供たち、お義母さんたち皆のところへ。ジュールの顔を思い浮かべる。昨日ちょうどジュールから葉書が届いたばかりなのだ。死んだフランソワや、無事だった君の弟たち。君たちがそばにいないのは残念だけど、それでも、都会の喧騒のなかではなく、素朴で誠実で慎ましい、ブルターニュの小さな村でこのときを迎えることができたのを嬉しく思った。

そこから先は、どこへ行っても鐘が鳴り響いていた。サン・ジャキュでは、ヴェルシェール夫妻が娘さんやお孫さんたちまで一緒になって僕らを歓迎してくれた。でも、娘さんのひとりは、サロニックで夫が戦死したばかりだという。彼女にはかける言葉が見つからなかった。だって、その人は一家の希望である息子の顔すら見ないで死んでしまったんだ。

アレールに到着。ここでも鐘の音。車にアメリカとフランスの国旗を飾り、ルドンの市場から帰ってきたばかりの人々がはしゃいでいた。

ルドン。すでに人でいっぱい。ここがいちばんにぎやかだった。

アヴサック。ここでも鐘。シャテヌレーのシャンパンを一気に飲み干した。

プレッセ。ここでも鐘。太鼓まで鳴っていた。建物はすでに、きらきらと飾り付けがされていた。

町を抜け、ガヴルの森に入ると深い静寂。ガヴルの村に入ると、飾り付けはされていたが、静まり返っていた。ブレンは、大騒ぎ。教会のなかも人であふれていた。

ブヴロンも同じ。サヴネーでは、連合国の兵士たちが町にあふれていた。駅に着き、そこでこれを書いている。軍用列車が出発する。アメリカ兵たちが前線に向けて旅立っていく。でも、皆嬉しそうに叫んでいる。英語で「フィニッシュ！」ってね。戦争は終わったんだ。

僕に英語で話しかけ、抱きついてきた奴もいた。きっと酔っていたんだな。

《原注：便箋の端が破れていて判読不可能》君がいなくて残念。でも、今夜のうちにサン・ブレヴァンに着くのは無理だろう。遠くから君を《原注：以下、破損により判読不可能。署名部分もない》

エリーズ・ビデは、ヨンヌ県ジュシーの裕福な葡萄農家の娘。戦争終結時はパリ在住。彼女は、両親や出征した弟のエドモン、その妻ジャンヌ（彼女の叔父は、二人とも、一九一四年十月と十二月に戦死している）によく手紙を書いていた。エドモン・マセは無事に戦争を生き延び帰還したが、この手紙に登場するエドモンの息子ジャノは、一九四〇年、第二次大戦中に戦死している。

1918・11・13　水曜日

エドモンへ

ようやく終わりました。もう闘わなくていいのです。すぐには信じられなかったけれど、本当です。つい半年前、六月や七月半ばまではとうてい想像できなかった勝利がやってきたのです。あの頃は、まさかこんな完璧な勝利が可能とは誰にも思えませんでした。こんなに短い時間で、四か月足らずで、勝利が実現したなんて、素晴らしいことです。ジュシーでは、皆さん、どんなふうに勝利をお祝いしたのでしょう。いつ、どのように勝利を知ったのでしょう。

エドモンがオクセルの市場にいたのなら、きっと私たちよりも早く休戦を知ったはずだと、息子のモーリスに話していたんですよ。そうしたら、モーリスは「お祝いで飲み過ぎちゃったら、オクセルから帰れなくなっちゃうよ」と言っていました。エドモン、うちの子は叔父さんであるあなたをこんな目で見ているんですよ！　でも、怒らないでね。今日ばかりは、どの兵隊さんも酔っぱらっても許されますよね。

ここパリでは、十一時に大砲と鐘が鳴りました。皆、すぐに仕事をやめ、道は人であふれました。窓という窓に旗が踊っていました。フランス国旗はもちろん、同盟国の国旗もあり、これほどたくさんの旗を見たのは初めてです。まったく素晴らしい眺めでした。

皆、三色章をつけ、女性は髪にトリコロールのリボンを結び、町中に紙テープが舞い、男も女も腕を組み、旗を振り、歌いながら大通りを歩きました。

工場のトラックにも労働者たちが乗り込み、皆で歌を歌い、大声をあげていました。

アメリカ兵は何台もの車に分乗してパリじゅうを走りまわり、沿道の人々が求めると、車に乗せてやっていました。特に若い女の子はね。まあ、当然でしょうけれど。

彼らが通ると歓声がわきました。休暇中のフランス兵も皆から歓待されていました。こんなにたくさんの人を見たのは初めてです。まったく何でもありの状態で、警官、憲兵も何も言いません。人々は思いのままに勝利に酔いしれました。アメリカ兵は公然と女性たちにキスをしていました。

でも、一か月前からコンコルド広場には、見事な眺めが用意されていたのです。その日に備え、大砲が設置され、ドイツ軍から奪った飛行機、機関銃、戦車、ソーセージ、山積みにされたドイツ兵のヘルメットが展示されていたのです。子供や青年、若い女性たちが大砲によじ登ったり、大砲を引いてモンマルトルの丘まで持っていったりもしていました。

そんなわけで、月曜日の午後から始まり火曜日は丸一日、お祭り騒ぎ。ドイツ人捕虜を乗せた護送車が、パリの街中を走り、彼らに人々の喜ぶ様子を見せたとも聞きました。

月曜日の夜、モーリスが国歌斉唱を聴きに、映画館に行きたいというので、ゴーモン映画館に行きました。すばらしい体験でした。国旗に身を包んだ兵隊さんが壇上に立ち、国歌を熱唱したのです。皆も起立し、唱和しました。

本当に美しい光景で、喜ばしかったのですが、この日を見ることができなかった者、身内の戦死者を思い出し、泣いているひともたくさんいました。でも、無駄死ににならなかっただけでも、慰めだと思うのです。

昨日はオーギュスティーヌに会いに行きました。彼女も一緒にお祝いに繰り出すと思っていたのですが、彼女たちには休みはないようです。戦勝は皆で祝うものなのにね。でも、お金持ちはほかにやることがあってそれどころじゃないみたい。

ねえ、お母さん、私の言うとおりになったでしょう。私が大丈夫と言ったとき、お母さんは勝利を信じていなかったわね。それで、何度も口論になった。ヴェイレさんもそう。何度も言い争いになった。ヴェイレさんがすでにお亡くなりになり、今日の勝利をご覧になれなかったのは本当に残念です。

私自身、ここしばらくは、何度も希望を失いそうになりました。幻滅したこともありました。それでも、フォッシュとクレマンソーはご立派でしたね。勝利したのだから、勲章ものです。ジャンヌ、あなたもよかったですね。すぐに心から喜べるわけではないかもしれないけど。叔父様たちこそ、この勝利の立役者なのに、今日の日を迎えることができなかったのですものね。でも、きっと、天国からご覧になっているのではないかしら。

あなたのご両親もさぞや心を痛めていらっしゃることでしょう。兵隊さんたちが次々と復員するなか、さらに悲しみをつのらせることになるのではないかと心配しています。手放しでは勝利を喜べませんね。ご両親にも、どうぞよろしくお伝えください。モーリスも私も皆様のためにたくさんお祈りしました。あなたも、きっとエドモンが無事に帰ってこられるようにと祈ってくださったことと思います。私たちの願いは聞き入れられました。神に感謝しましょう。彼はいつリヨンに帰るのかしら。どのくらいリヨンにいるのかしら。いつ軍から解放されるのかしら。休戦後の調停はどのくらい時間がかかるのかしら。春までかかってしまうのかしら。まあ、それでも、もう戦闘はないのよね。お母さんに手紙のお礼を。もう私たちには手紙をくれないのかと思ったわ。ジャガイモも届きました。ありがとう。

ジュシーではどのように勝利を祈ったのかしら。スペイン風邪の流行はおさまった？まだ小さいジャノは、何が起こったかわかっているのかしら。どうでしょうね。でも、戦争なんて、一生知らないほうがいいわね。

忘れられない一日となりました。凱旋門で祝勝パレードがあるのが今から楽しみです。お母さん、喜んでね。息子が帰ってくるのだから。あれだけ心配してきたのだから、よかったですね。

私たち二人より、あなたがた四人に愛をこめて。

エリーズ

ウジェーヌ・ポゼヴァラは、一九一四年当時、十八歳。ブルターニュ出身。この手紙は、マントラ・ジョリー在住の両親に宛てたもの。戦地で毒ガスを吸ったウジェーヌは、復員後も後遺症に苦しみ、

一九二〇年代に死亡。

1918・11・13　最後の二日間について

父さん、母さんへ

今日は大きな字で書くね。昨日の午後、ドイツ軍との戦闘を終えました。最後の四十八時間、死闘が繰り広げられました。

朝九時から十時にかけて、ワーヴル《現フランス・ロレーヌ地方。ドイツとの国境に近い》の野原で僕らはドイツと激しく交戦。そのまま中隊の四分の三をそこに残すことになった。自分たちの塹壕（ざんごう）まで撤退することができなくなったのです。三十六時間、水のなかで頭をあげることさえできなかった。十日の夜、ディエップから一キロのところまで撤退。戦争の最後の夜を過ごし、そこで朝を迎えました。残りの連中はすでに撤退していました。僕らはもう立っていられないほどでした。僕の左足は石炭のように真っ黒だったし、身体全体が紫色になっていました。もう限界でした。僕らは沼のなかで立ち往生しており、ドイツ兵の銃撃がやまないので、担架係の衛生兵も来ることができない。そこは、ビリヤード台みたいに真っ平な野原で、どうにも身の隠しようがなかったのです。

十一日の朝九時、和平交渉が成立し、十一時には戦闘終了だと伝令が告げました。でも、そこからの時間が、数日に感じられるほど長かった。

そして十一時。とつぜんすべてが終わった。信じられなかった。

僕らは二時間待った。そして終わった。だが、そのあとに悲しい役目が待っていました。戦場に残っている仲間を迎えに行かなければならなかったのです。夜が来た。まだそこにいなければならなかった。それでも、たき火をし、生き延びた者たちが集まった。皆、勝利を喜んではいたが、悲しげだった。まだ、死がすぐ近くを漂っていたのです。日付が変わって十二日になり、朝の二時に任務から解放された。これで本当に終わりました。

ウジェーヌ

断章　最後の秋

１９１５・９

僕が死んだら、君のなすべきことを書いておく。

まず、落ち着くこと、取り乱さぬこと。冷静さを保ち、絶望のあまり外に走り出たりしないこと。

静かに、品性を失わず、苦しみを受け入れること。

ロドルフ・ウルツ

１９１５・９・２４

従兄弟たちへ
父たちに直接手紙を出さず、君たちに託すことをお許しください。これが最後の手紙になるかもしれません。あと一時間ほどで出発し、明日には突破口を開くために出撃します。僕らの中隊は先陣を切ることになっており、帰還できる者はいない、いや、とても少ないと思われます。だから、僕から手紙が届かなくなったら、そういうことだと思って、うちの両親に知らせてやってください。出撃するのは、マルヌの近くの小さな村サン・トマの左方にある草原です。たぶん、そこに骨を埋めることになるでしょう。

僕はフランス解放のための犠牲になったのだと父と母に伝え、慰めてやってください。あまり騒がないでくださいね。こんな手紙を送って申し訳ありません。最後のキスを君たちに送ります。このキスを形見と思って、うちの親にも少し分けてやってください。では、さようなら。

F・エザール

1914・9・23　リヨンにて

息子アンドレ・ジェリベールが、二十歳になったら、以下を彼に譲ります。
指輪、懐中時計、時計用の鎖、銃、ライター
娘ユゲットに以下を譲ります。
真珠のタイピン、財布
子供たち二人に、愛情をたっぷり注いだ父の思い出、祖国のために勇敢に死んだ父の思い出を遺したいと思います。妻である君には、九年間の美しい結婚生活の思い出と、最後のキスを遺します。

ジョルジュ・ジェリベール《一九一五年七月十三日戦死。享年三十三》

1916・8・3

あらゆる大きさの砲弾が次々と爆発している。僕らの左にあるスーヴィルと、右のチオモンの間はまるで火山のように地面から炎と煙が湧き出ているかのようだった。地面が沸騰しているみたいに見えたのだ。ふと煙が途切れるときがあり、双眼鏡を向けると、砲弾の穴に身を丸める哀れな歩兵たちの姿が点在している。かわいそうに。どんなにつらいことだろう。フルリの村は何も残っていない。めちゃくちゃにされた黄色い大地に白い染みのように見えるのが、村のあった場所だ。

遠くには、ドゥオモンの要塞が見える。激しい砲撃があったにもかかわらず、まだ持ちこたえている。眺めていると、フルリから出撃したときのことが目に浮かぶ。マキシム機関銃《正確にはマキシム機関銃そのものではなく、改良型のMG08重機関銃のことと思われる》の掃射をも恐れることなく、勇敢なるわが軍は前進をやめず、頂(いただき)を越えたのだ。

そこには忘れらない陰惨な光景が広がっていた。だが、ドイツ軍の弾幕射撃は一瞬おさまりかけたかと思いきや、さらに勢いを増した。砲弾が爆発した煙で、戦場を見渡すことすらできない。わが軍が前進を続け、フルリの村、チオモンの要塞を奪回したのを知ったのはさらに一時間後だった。捕虜となったドイツ兵たちは要塞の門を通過し、後方へと急ぐ。ここはまだ危ないからだ。捕虜の四分の三は血走った眼つきのまま、自分がどこから来たのかすらわからない様子だった。とても文明人とは思えない、人間の抜け殻のようにも見えた。数人が僕らに向かい、「むごい、ひどすぎる。殺戮(さつりく)だ」といった言葉を口にした。捕虜となって、もう闘わずにすむことで、むしろ安堵しているような者たちもいた。（中略）一晩中、砲兵隊はあちらこちらを攻撃しつづけた。城壁跡に登り、照明弾が赤、白、緑に光るのを見ていると、本当に花火のようだった。
光のなかに浮かび上がる砲弾の穴は、休火山の火口のようだった。

ルネ・ヴィラール

1918・11・11　PM9:00

公式発表
歴史上前例のない五十二か月におよぶ戦闘のすえ、フランス軍は、連合国の支援を受け、敵に勝利いたしました。
わが軍は、純然たる犠牲の精神を糧とし、四年間にわたり不断の戦闘を続け、至極の忍耐、地に着いたヒロイズムを発揮し、祖国より求められた任務を果たしました。
ときに、不屈の活力によって敵の攻撃に耐え、ときに、攻撃によって勝利への道を進み、わが兵たちは、四か月間、混乱のなか凄絶な進撃ののちに、ドイツ軍を打ち負かし、フランスの外に退かせ、敵国の側より和平を求めるまでに追い込みました。休戦についての条件はすべて許諾することを確認いたしましたので、本日午前十一時をもって、休戦協定が発効となりました。

フィリップ・ペタン

エピローグ

épilogue

季節では分けがたい、四人の兵士の手紙をここに収録する。

ドイツ兵フランツ・ブルーメンフェルトは、二十三歳の法科学生だったが、一九一四年十二月十八日にソンムで戦死。死の二か月前、彼は婚約者から手紙を受け取った。そこには、「弾丸や砲弾から身を守るために防弾チョッキや鎧帷子(よろいかたびら)があればいいのに」と書いてあった。これはその返信である。

1914・10・14

内面が鈍化していくことを自覚し、ますますやりきれない思いがしている。「鎧帷子があればいいのに」と君が書いてくれて、その気持ちが嬉しかった。でも、僕は弾丸や砲弾を恐れているわけではない。僕が恐れているのは、内面に広がる深い孤独だ。人間を信じられなくなること、人の善を信じられなくなることが怖い。何と恐ろしいことか。それに比べたら、風雨にさらされることや、自分で食糧を調達せねばならないことや、物置小屋で寝ることなんて、大したことじゃない。それよりも周囲の人たちの乱暴なふるまいを我慢するほうがつらい。敵であれ味方であれ、けが人や遺体、馬の死体があちこちに転がっているのを見れば心が痛む。だが、そんな心の痛みも、戦争前に比べれば、だいぶ慣れてきてしまっている。自分ではどうしようもないことだと思うから、受け入れられてしまうのか。いや、無関心になり、鈍化してきているせいではないか。そもそも、他人の痛みより、自分の孤独を思い悩む時点で、僕はどうかしている。君は僕をわかってくれるだろうか。もし僕が心を失ってしまうのならば、弾丸や砲弾を避け、肉体だけが生き残っても、意味がないと思うのだ。

フランツ・ブルーメンフェルト

一九一六年、リュシアン・デュロソワール、三十八歳、独身。彼は、チェリストのモーリス・マレシャルの親友だった。恋人もいたようだが、リュシアンは、塹壕(ざんごう)から母に手紙を書きつづけた。世界的なヴァイオリニストだった彼は、戦争を生き延びたが、演奏活動をやめてしまった。

お母さんへ

肉が届いたのですが、傷(いた)んでしまって大部分を捨てるはめになりました。ああ、もったいない!皆、腹を減らしているっていうのに。野菜も不足しています。このところ、皆、文句を言っています。冷蔵車が宿営地の厨房まで来るはずでしたが、思惑通りにいかなかったのです。砂埃と蠅と照りつける太陽の下で、あれこれと手を尽くしました。でも、あっという間に腐ってしまったのです。もう二年間も戦争が続いていてこのありさまですから、踏んだり蹴ったりです。もう何も言うことがありません。戦争が終わるまでに、あと一年はかかるでしょう。大っぴらにはしていないけれど、僕は確信しています。前回の休暇のときだって、隠さずそう言っていたでしょう？　よほど想定外のことが起こらない限り、ドイツ軍を追いつめ、懲らしめるには最低あと一年はかかるでしょう。彼らはまだまだ勢いを失っておらず、とても数か月かそこらで撤退するとは思えません。正直、そうならないことを祈っていますが、あまり期待はできません。悲しいことです、知識人は身動きできなくなり、文化が失われていくのです。愚かな人々が我らを取り囲み、愚かな理論、愚かな思想を押し付けてくるのです。このままでは理想を失い、僕がこれまで十五年、二十年かかって身につけた文化も失ってしまいそうです。僕の知る文化人は皆、同様の印象をもっています。戦争が終わっても、脳みそにこびりついた垢を落とすには、相当の努力が必要でしょうね。(中略) お母さん、次の小包にはマルセイユ石鹸を入れてください。洗濯に使います。石鹸がないのです。いや、あっても小さすぎて使い物になりません。水がないときに限って石鹸の配給があり、いざ水がたっぷりあると思ったら、今度は石鹸の配給がないのです。まったくフランスの軍隊ときたら、ひどいもんです！　実際、多くの将校たちが、「上の連中は無能だから、俺たちだけでドイツを倒そうぜ」と言っているほどなのです。

リュシアン

アンリ・ヴァランタン・エルデュイン中尉はランス出身。戦闘中に率いる中隊の八割の人員を失い、敵に囲まれた彼は、捕虜になるのを避けるべく、ミラン中尉とともに、二つの大隊の残存兵四十名を率いて宿営地に逃げ帰った。だが、その後、彼とミラン中尉は敵前逃亡の罪に問われることになった。二人は軍法会議にかけられ、大佐の判断により、一九一六年六月十一日、銃殺刑に処された。エルデュイン中尉は、銃殺隊に自ら号令を下したという。発砲後、とどめが刺されたそのとき、死刑執行猶予の通達が本部から届いた。妻と子が遺され、一九二六年にようやく名誉回復がなされた。

1916・6・9・フルリにて

愛する妻フェルナンドへ
うちの師団はもう終わりだ。連隊もなくなった。この五日間は本当に地獄を見た。生きた心地がしなかった。この話はまたあとで。うちの中隊で生き残った司令官は僕だけだ。今は後方にいる。四日間、飲まず食わず、砲弾と泥のなかで過ごした。まだ生きているのが不思議なくらいだ。

1916・6・11

愛する妻へ

この間も書いたとおり、僕らは作戦に失敗し、僕のいた師団は、皆、ドイツ軍にやられた。残ったのは僕とほんの数人だ。現在、僕は敵前逃亡の罪に問われている。捕虜になることを逃れた僕の判断は誤りだったというのだ。

ベルナール大佐はミラン中尉と僕のことを臆病者扱いしている。わずか三、四十人で、八百人分闘うべきだったと言わんばかりだ。

運命とあらば仕方がない。何も恥じることはない。僕のことをよく知る仲間たちは、僕が臆病者ではないことをわかってくれている。でも、死の前に僕は、フェルナンド、君と息子のリュックのことを思っている。

恩給を請求すること。君にはその権利がある。僕は落ち着いている。僕は、部下たちの涙を前に、自ら銃殺隊を指揮しようと思っている。

最後にもういちどだけ、狂おしいキスを君に。

僕が死んだら軍事裁判所に抗議してくれ。上層部はいつも見せしめのため、罪人を探しだそうと

する。誰かに責任を押し付けたいのだ。

一緒に過ごした幸せな日々を思いつつ、僕の愛する妻に、心からキスを。息子のリュックを抱きしめたい。息子よ、父は任務を全うした。父の名を恥じる必要はないよ。

サン・ロマンが立ち会い、僕の最期を見届けてくれることになっている。処刑前にエイン神父にも会った。皆によろしく。最後にもういちど君に、そしてリュックにお別れを。

手紙はこれで最後だ。ああ、僕の天使。どうか、気をしっかり。僕を忘れないで。君に僕の最後の、そして永遠のキスを。

僕はしっかりしている。落ち着いている。

さようなら、愛しているよ。

僕はヴェルダンの北、フルリの森に埋葬される。サン・ロマンが君に詳細を教えてくれるだろう。

アンリ

ピエール・シュベルヴィオルは年齢を偽り、一九一四年に入隊。父は一九一六年に前線で戦死。ピエールが戦地での四年間に母、妹ポーレット、祖父母に宛てて書いた手紙は実に三百通を超える。彼の手

紙は、一九八六年、家の取り壊し時に見つかった。ジャガイモの袋に入れて、クローゼットの奥にしまってあったという。

1918・5・18

母さん、今日はいい一日だった。五月の太陽はすでに暑いくらいで、その陽光のもと、すべてが生き返ったみたいだった。

僕ら人間の行為、馬鹿げた行為を自然はどんな思いで見ているのだろう。僕らもまた、自然のなかでは地面を駆け回る小さな虫と同じようなものなのだろうか。ついさっきも、テントウムシが二匹のスカラベに追われ、道の上を飛んでいった。僕は特に関心も示さず、ちらと見ただけで通り過ぎた。自然もまた、僕ら人間が苦しもうと、死んでいこうと、関係ないと思っているのかな。それももっともなことだ。大自然に比べれば、人間なんてちっぽけなものだもの。

でも、人間は人間だ。軽く見ることはできない。心があり、魂があるからこそ、考えたり、思ったり、それゆえに苦しんだりする。ひとりごとみたいで、ごめんね、母さん。だけど、この穏やかな澄み切った自然を見ていると、僕の心とはあまりにも違うものを感じて、無関心ではいられないんだ。なぜ、人生はこんなふうになっているのだろうね。どうして僕たちは、悩みも心配もなく、まっすぐに自分の道を歩むことができないのかな。アダムは、イヴとともに禁断の果実を口にするべきではなかったんだ。もし、彼が楽園に留まっていたら、人間はずっと幸せでいられたんだろうか。

今日はここまで。母さんにキスを。

ピエール

参考文献

アンリ・バルビュス著『砲火』（上・下）田辺貞之助訳　岩波書店、一九五六年

ジャン＝ジャック・ベッケール著『第一次世界大戦』幸田礼雅訳　白水社　文庫クセジュ

ジャン＝ジャック・ベッケール、ゲルト・クルマイヒ共著『仏独共同通史　第一次世界大戦』（上・下）剣持久木、西山暁義訳　岩波書店

ピエール・ミケル著、ジャック・ポワリエ（イラスト）『第一次世界大戦：一九一四－一九一八』福井芳男、木村尚三郎監訳　東京書籍、一九八六年

J・M・ウィンター著『第1次世界大戦』（上・下）小林章夫監訳、猪口邦子監修、平凡社、一九九〇年

AUDOIN-ROUZEAU Stéphane, *14-18, les combattants des tranchées*, Armand Collin, 1986

CANIN Gérard, *Mémoire de la Guerre, témoins et témoignages*, Presses universitaires de Nancy, 1989

CASTEX Henri, *Verdun, années infernales, lettres d'un soldat au front*, Imago, 1998

CONGAR Yves, *Journal de la guerre 1914-1918*, Cerf, 1997

CRU Jean-Norton, *Témoins*, Presse universitaire de Nancy, 2006.

GENEVOIX Maurice, *Ceux de 14*, Omnibus, 1998

GUÉNO Jean-Pierre, Yves Laplume, *Paroles de poilus*, Historia/Taillandier/Radio France, 1998

ISNENGHI Mario, *La Première Guerre mondiale*, Casterman-Giunti, 1993
JÜNGER Ernst, *Orages d'acier*, Le Livre de Poche〈Biblio〉1970
MEYER Jacques, *La Vie quotidienne des soldats pendant la Grande Guerre*, Hachette, 1991
PAZERY Didier, *Derniers combats: La Grande Guerre, portraits de survivants*, Editions Vents d'Ouest, 1996
SCHOR Ralph, *La France dans la Première Guerre mondiale*, Nathan Université, 1997
WERTH Léon, *Clavel soldat*, Editions Viviane Hamy, 2006
WINTER Jay & BAGGETT Blaine, *14-18, le grand bouleversement*, Presses de la Cité, 1997

訳者あとがき

昨年、日本は戦後七十年の節目を迎えた。存命の体験者、遺族が減る中で、今のうちに話を聞いておかなければならないという思いが強まりつつある。第一次世界大戦終戦から八十年の節目、一九九八年に、ラジオ・フランスが第一次世界大戦の兵士の手紙を募ったのも、同じような思いがきっかけだったに違いない。

本書は、大きな歴史と小さな歴史の接点から誕生した。

まず大きな歴史から見てみよう。第一次世界大戦は、二十世紀初頭の一大事件であった。戦車や飛行機などの兵器が導入され、本書にもあるように、「人対人」の肉弾戦から、「人対機械（大砲、戦車、飛行機）」の闘いが本格化したのは、まさにこの戦争からである。さらに、ドイツ革命、ロシア革命がほぼ同時進行で起こり、戦争は皇帝が行うものから、議会や内閣の決定によって始まるものとなっていった。近代化の象徴とも言うべき戦争なのだ。

だが、こうした「大きな歴史」の裏には、個人史や家族史といった無数の「小さな歴史」がある。兵士たちは、その出自、階級、職業、年齢、実に様々である。そして、そこには、この手紙を受け取った人たち、この手紙を捨てることができず、ずっと保管してきた人たちが存在するのだ。

レマルク『西部戦線異状なし』(秦豊吉訳、新潮文庫)やバルビュス『砲火』(田辺貞之助、岩波文庫)など、第一次世界大戦を舞台にした小説は数知れない。だが、ここにおさめられた兵士たちの手紙は、練りに練った作家の文体とはまた別の力をもっている。彼らは作家ではない。その文体はときにたどたどしく、意味不明の箇所(家族には家族にしかわからない符号や、「あれ」だけで通じることも多い)や支離滅裂なところ(彼らには読み返したり、書き直したりする余裕すらなかった)もある。

その内容は実に様々である。戦争によって信仰を深めたものもあれば、悲惨な戦場を見て神の存在を疑い始めた者もある。畑仕事の指示があり、妻へのラブレターや、慰問品の懇願もある。それらは兵士もまた人間であり、そこに生活がある証である。読者がほんの少し、想像力を働かせさえすれば、一通一通にドラマがある。そこに綴られた「怖くない」という言葉は、本心かもしれないし、家族に心配をかけまいとする気遣いや、恐怖を抑えるための自己暗示かもしれない。いずれにしろ、そこにあるのは等身大の兵士の姿だ。本書には、敵対していたフランス兵とドイツ兵の手紙が一緒に収められており、双方がまったくといっていいほど、同じ経験をし、同じ感情を抱いていたことがわかる。

そこに共通するのは、家族への思いであり、家族にしか打ち明けられない恐怖や怒りである。誰も望んでいないのに、なぜ戦争は起こるのかという問いかけや、始まってしまった戦争を誰もとめられなくなってしまう恐怖が綴られている。

兵士たちの手紙を読んで、まっさきに思ったのは「今とはずいぶん違うな」、そして「今とまったく同じじゃないか」という、実に矛盾する感想だった。訳し終えた今もその印象は変わらない。

今も世界のどこかで常に戦争が続いている。だが、ゲーム画面を思わせる空から撮られた映像や、インターネットに流れる戦士たちの姿に、感傷や内省を見出すことは難しい。そんな現代の戦争に比べ、第一次世界大戦の戦場は、だいぶ様相が異なる。レーダーも核の脅威もなければ、プロパガンダに使われたメディアも限定されている。そこにいるのは、職業軍人だけではなく、召集された一般人であり、兵士は人間の顔をしている。人間の心をもっている。だが、人の心をもっているからこそ、そこには苦しみがあったのではないだろうか。そして、そうした苦しみを忘れるために、ひとはひとでなくなるのではないだろうか。

本書が刊行された一九九八年、すぐにこの本を手にしながらも、刊行のチャンスはなく、いつしか忘れかけていた。ところが、昨年、一昨年、偶然の出会いが、この本を思い出させ、このたびの刊行へとつながったのである。

二〇一四年、フランスをはじめ欧州では第一次世界大戦開戦百周年を迎え、歴史的な考察から、エンターティメント作品まで、当時をふりかえる作品が数多く刊行された。なかでも、話題を呼んだのが、フランスでゴンクール賞を受賞したピエール・ルメートル『天国でまた会おう』（平岡敦訳、早川書房）である。この小説は、ルメートルが、「ヴァングレ事件」に触発されて書き上げたものだ。「天国でまた会おう」という題は、本書掲載の手紙からとられた文言である。第一次世界大戦のさなか、上官に「始末」されそうになった兵士が、停戦後、詐欺商売に手を染め、復活を遂げるというストーリーは多くの者を魅了し、日本でも多くの読者を得た。

もう一冊、デイヴィッド・フィンケル『帰還兵はなぜ自殺するのか』（古屋美登里訳、亜紀書房）の衝撃も忘れられない。この本は、イラクやアフガンから帰還したアメリカ軍兵士のドキュメンタリーである。さきほど、現代の兵士に感傷や内省を見出すのは難しいと書いたが、この本を読むと、彼らもまた人間なのだと気付かされる。

　この二冊との出会いからふと思い出したのが、本書の存在であり、この第一次世界大戦の兵士たちのことだった。こうして、『帰還兵』の編集者内藤寛氏とともに、この本を世に送りだすことになったのである。

　百年前の手紙は、今、これを読んでくださるあなたの心に届いただろうか。死者の声を聞くことが戦争を終わらせるとは限らない。厭戦感（えんせん）だけで、戦争をとめることは難しい。事実、第一次世界大戦からわずか数十年後、経験者が存命のうちに、欧州は二度目の大戦に突入してしまったことを私たちはすでに知っている。しかし、それでも、普仏戦争、第一次、第二次世界大戦と何度も国境線を争ってきたフランスとドイツは、現在、共同で歴史教科書をつくるまでになっている。最初の近代戦争と言われる第一次世界大戦に立ち返り、戦争の不条理さを考えることは無駄ではないはずだ。


　なお、本書は四季ごとに構成されているが、手紙の日付が必ずしも季節と結びついていないものもある。編者のゲノ氏によると、これは日付による時系列よりも手紙から受ける季節感、書いた人の「心の季節」を優先したためだという。また、初版は一九九八年刊行であるが、翻訳にあたっては、最新版である二〇一四年刊行の増補改訂版を底本としたうえで、少しでも多くの方にとって手に取りやすいもの、読みやすいものにしたいという思いから、著作権者の許諾を得て、一部抄訳とさせていただいたことをお断りしておく。

　最後になるが、翻訳にあたって参考にさせていただいた書籍を挙げることで、ここに感謝申し上げたい。

『ドイツ国防軍兵士たちの100通の手紙』マリー・ムーティエ編著、森内薫訳、河出書房新社
『きけ わだつみのこえ——日本戦没学生の手記』日本戦没学生記念会編、岩波文庫
『最後の言葉　戦場に遺された二十四万字の届かなかった手紙』重松清、渡辺考、講談社文庫
シリーズ『第一次世界大戦を考える』全十二巻、人文書院
『第一次世界大戦を考える』藤原辰史、共和国
『武器——歴史、形、用法、威力』ダイヤグラムグループ編、田島優・北村孝一共訳、マール社
『ミリタリーネーミング辞典』新紀元社
『戦場の歴史』ジョン・マクドナルド、松村赳監訳、河出書房新社
『図説・第一次世界大戦』学習研究社

二〇一六年七月　　永田千奈

編著者

ジャン＝ピエール・ゲノ Jean-Pierre GUÉNO

1955年生まれ。ラジオ・フランス出版局長、作家。編著書に『星の王子さまのメモワール：アントワーヌ・ド・サン＝テグジュペリの軌跡』（大林薫訳、駿河台出版社）など。本書の続編として、第二次世界大戦、アルジェリア戦争の兵士の書簡集も刊行。

訳者

永田千奈（ながた・ちな）

フランス語翻訳者。主な訳書にA. モレリ『戦争プロパガンダ10の法則』（草思社文庫）、D. ボナ『印象派のミューズ』（白水社）など。

亜紀書房翻訳ノンフィクション・シリーズ II-13

戦地からのラブレター
第一次世界大戦従軍兵から、愛するひとへ

編著者　ジャン＝ピエール・ゲノ
訳者　永田千奈

発行　2016年10月15日　第1版第1刷発行

発行者　株式会社　亜紀書房
東京都千代田区神田神保町1-32
TEL　03-5280-0261
振替　00100-9-144037
http://www.akishobo.com
装丁　矢萩多聞
DTP　コトモモ社
印刷・製本　株式会社トライ
http://www.try-sky.com

ISBN978-4-7505-1443-7

亜紀書房翻訳ノンフィクション・シリーズ　好評既刊

人質460日
――なぜ生きることを諦めなかったのか

アマンダ・リンドハウト＋サラ・コーベット著
鈴木彩織訳

ハイジャック犯は空の彼方に何を夢見たのか

ブレンダン・I・コーナー著
高月園子訳

13歳のホロコースト
――少女が見たアウシュヴィッツ

エヴァ・スローニム著
那波かおり訳

それでも、私は憎まない
——あるガザの医師が払った平和への代償
イゼルディン・アブエライシュ著
高月園子訳

アフガン、たった一人の生還
（映画「ローン・サバイバー」原作）
マーカス・ラトレル＋パトリック・ロビンソン著
高月園子訳

兵士は戦場で何を見たのか
デイヴィッド・フィンケル著
古屋美登里訳

イスラム過激派二重スパイ
モーテン・ストームほか著
庭田よう子訳

好評既刊

デイヴィッド・フィンケル著
古屋美登里訳

帰還兵はなぜ自殺するのか

（亜紀書房翻訳ノンフィクション・シリーズⅠ-16）

ピュリツァー賞作家が「戦争の癒えない傷」の実態に迫る傑作ノンフィクション。内田樹氏推薦！
本書に主に登場するのは、5人の兵士とその家族。そのうち一人はすでに戦死し、生き残った者たちは重い精神的ストレスを負っている。妻たちは「戦争に行く前はいい人だったのに、帰還後は別人になっていた」と語り、苦悩する。戦争で何があったのか、なにがそうさせたのか。マスコミ大絶賛の衝撃の書。

四六判上製 384 頁／本体 2,300 円